中公文庫

応家の人々

日影丈吉

中央公論新社

目次

応家の人々

序章　白い線

　秋風が立ちはじめて、その底に、まだ暑熱がわだかまっているような季節になると、きまって北回帰線の通っている地方を思いだす。苦しい、心をさいなまれる、だが時には多少の喜びもあった、思い出ではあるが、もう感情的な色あいはうすれてしまい、胸を焼く郷愁のようなものだけが残っているのである。

　そのせいか、ある集会の通知状を受けとると、めずらしく行ってみる気になった。人間関係のいやらしさが稀薄になり、その風土に関するものなら、なんでも懐しくなるほど、記憶が醗酵していたのかも知れないが、通知状に並んでいた発起人の顔ぶれに興味を引かれた。

　ある男が、東南アのある国に、顧問として招聘された。私も一面識のある古い顔だ。会はその男のための、うちわの壮行会で、場所は外苑のそばにある古ぼけた会館であった。

会場には、第〇方面軍総司令部にいた某将軍も顔を見せていた。かれが主賓のとなりに坐って、皮肉まじりに僚友の思い出ばなしをやっているのを、私はちらと聞いた。終戦の大詔がくだってから二月ぐらいたって、降伏の手続きが完了してから自殺した、長官のうわさである。

老将軍は中風で唇の片はしが吊っていて、そうでなくても皮肉な表情に見えたが、かれの幕僚の参謀だった主賓は、病気を押して出席してくれた旧上官に、すっかり感激したようすで、しきりに便所に立つ老人の、起居や歩行を助けようと勤勉にふるまっていた。それが美しいながめというよりも、過去の猿芝居を見せつけられている感じで、苦笑させられた。

自決した長官の、立派な風貌を、私も思いだしていた。降伏決定の日まで、かれのために広壮な地下住宅を掘るハッパの音が、ひびいていた。急造の地下壕にも玄関があり、赤い絨毯が敷いてあった。そこでいっしょに暮らしていた美しい二号。彼女がいつも抱いていた、おかしな顔のプードル犬——むしむしした会場に集まった、過去の人たちを見わたしながら、長官が自決したのは、適当な処置だったという感じが強くしたのである。

冷房の設備のない古めかしい建物が、耐えられない季節を過ぎていたのは、まだよかったが、私はすぐに、ここへ来たことを後悔していた。いいかげんのところで席をはずし、暮れきった戸外に出ると、会館の窓の洩れ灯で、ところどころ夜露に光っている芝生の上を、木の間をぬけて道路に出た。と、小走りにあとを追って来た者があった。

「久我くん、久我くん」

その声を聞くと、私はぞっとした。が、立ちどまって、しかたなく、小柄な男の口髭の白くなった顔が、ちかづくのを待った。あまり歓迎したくない男だった。かれが会場にいたことには、私も気がついていたが、口をきく気はしなかったのだ。が、相手も私に注目していたとみえ、からのグラスの並んだ卓を残り惜しそうに囲んでいる老人達の中から、私がそっと席を立ったのを見つけると、何のためか、かれもすぐに立って来たとみえる。並んで歩きながら、かれはいった。

「あの男は上《じょう》の部だよ」

当日の主賓のことを、いっているらしかった。

「ほかの連中はほとんど、立ちあがる気力もなくしてしまっとる。だらしがない」

酔っているらしく、男は肩を張って、いった。

「安土《あづち》さんは、ごさかんなようですね」

「わしかね。いやあ、もうだめだよ——だが、現状がどうなるか、見届けずには死ねない気持だね。敵性国の手先のような真似をやって、よろこんどる若者たちを見たまえ。何故、こんな国になってしまったのかね」

慨嘆する安土が、こりずに最後のご奉公を考えているのか、それともただのツケ元気だけなのか、私には判断ができなかった。だが、きれもので通っていた頃の、小粒だが鋼鉄でできた玩具の戦車のように精力的だった、この男にくらべれば、その晩の安土には、さすがに年齢から来るあわれっぽさが目立った。

「久我くん。よかったら、一時間ばかり、わしにつきあってくれんかね。話したいこともあるんだ」

安土は大通りに出ると、ふいにいいだし、枯れた腕を振って、タクシーを止めた。むかし、かれの命令で動かされた関係もあって、面とむかうと、そう素気なくもできなかった。結局、私は見附の近くにあるビルの地階の、キャバレーに連れて行かれた。

そこからあまり遠くないところに、旧郷軍《ごうぐん》関係の事務所があって、安土たちは気分の若返りに、ときたまそこへ来るのだときたが、なるほど地階の入口には煽情的なフロア・ショーの舞台写真を貼ったケースがあり、「中国美人歌手・呉馨芳《ごけいほう》特別出演」

と書いた立看板が出ていた。絨毯を敷いた階段を下りて行くと、思ったより品のよい造りのホールがあった。

ハイボールを半分も飲まないうちに、ショーの一部がはじまったが、長衫《ツンサァ》を着た若い歌手も、思いがけないほど綺麗で、声も美しく歌いぶりも可憐だった。彼女がバンドの並んでいる台を降りて、私達の卓の近くまで来ると、私の老いたる連れは、飲みほしたコップを招くようにさしだし、彼女のためにビールをついでやった。こんな安土を見たのは、はじめてであった。

外地の上級将校は、できる範囲でしたい放題のことをやったが、私は安土からしゃきしゃきした、厳格の標本のような印象しか受けていなかった。もっとも、安土の私生活も公生活も、そのころの私にはほとんどわからなかった。かれは、いつも突然、私の前にあらわれ、辛辣《しんらつ》な調子ですこし喋るだけだったからだ。

私はかれと命令の授受のために、いつもごく短い時間、会うだけで、ふだん、かれがどこで何をしているか、ちっとも知らなかった。かれの指定して来た場所に行けば、必ずそこに、かれがいたが、もし私が会見の場所を出てから、もう一度そこの扉をあけてみたとすれば、かれの姿はもう消え失せていたことだろう。そんなナゾの人物の印象が残っていたし、そのころ当然かれに対して抱いていた多少の恐怖感も、私はまだ忘れていなかった。

そればかりか私はそのころ、かれの不愉快な、個性の強い無表情な顔は、巧妙にできた仮面ではないかと疑ったことさえある。安土が仮面を使用していなかったことは、それから二十年後のその日やっとつきとめられたくらいなのだ。でなかったら私は、背広姿の安土を壮行会の会場で、見分けられなかったはずだからだ。

安土という存在が私に、ふつうの人間らしく見えて来たのは、会館の玄関前の芝生から、このキャバレーのテーブルにつくまでの、まだ、ほんの十分間たらずの経験に過ぎなかった。で、ビールを飲みほすために、あおのけた、可憐な中国娘のかわいい喉のあたりを、むさぼるように見あげている、この老人の横顔は私に、はなはだ奇異の感じを与えたのである。

若い歌手はそれからアンコールに答えて、また一曲うたった。今度は中国語の歌だった。いや福建語の歌詞を、ほんの一部分だが私もまだ、うろおぼえに覚えている、古い流行歌だった。

冒頭に書いたように、どんな気持で私はその日の会合に出たか――そして、どんなに見事に気持を裏切られ、逃げるように会場を出たか――ところが、ここで三転して、私がどんなに報われたような感動を以って、その歌を聞いたか――それがみな単純なひとつの心理から出ていることは、いうまでもない。私のような生涯の放浪者だけが知っている郷愁なのである。

歌が終わるまで、私は眼をつぶってメロディを追っていた。眼をあくと、安土の姿が見えなかった。意味のわからない単調な歌に退屈して、便所にでも立ったのかと思ったが、安土はなかなか帰って来なかった。

フロア・ショーのストリップがはじまる時刻がちかづくと、押しかけて来る客があるとみえ、外人や外人相手のセールスマンらしい客で、ホールはかなり混んで来た。人手が足りないのか、席にいないほうが多くなった係りの女が、間をおいて私達の飲みぶりを監視に来た時には、安土が椅子を立ってから十分あまりもたっていたろうか。

「閣下、もうお帰りですか」

ここの人達は安土の素姓をだいたい知っているらしく、その女がたずねた。

「いや、便所にでも行ったんじゃないかな。それにしても、ちょっと長すぎるが」

「おじいちゃんになると、おしっこ長くなるのね。探して来ましょうか」

「いや、いいよ。もう帰って来るだろう」

女が追加の注文をとって、急がしそうに行ってしまうと、私はなおしばらく、安土のいない椅子の上でしずかに回っているミラー・ボールを、ぼんやりながめていたが、すこし気になって来て、席を立った。安土は廊下にも便所にもいなかった。

自分の方で誘っておきながら、先に帰ってしまうわけもなし、まさか勘定を私に押しつける予定の行動だったはずもないから、事務所にでもはいりこんで、喋っているのだろうかと思い、私はその店にも倦きていたから、勘定をはらって先に帰るつもりになった。

待っていても、もう安土は、ふたたび私の前に姿をあらわさないだろう、という気がした。かつて、いつもそうだったからだ。そのころ私達はたぶん一時間以上、いっしょにいたことはなかったろう。別れれば二度と私の方から、かれの姿を求めることはできなかったし、ゆるされなかった。

だが、いまはもう、そんな時代ではないのに気がつくと、私は馬鹿にされたような気がして苦笑しながら、ホールに引返そうとした。廊下に面した小部屋のドアがあいて、さっきの歌手が顔を出したのは、その時であった。

「あなた、お願いあるの。ちょっと、いらしって」

女はふいに、くせのある日本語でささやきかけ、私を手まねいた。もう長いあいだ若い女性から、あなたなどと呼ばれたことのない私は、面くらったまま、狭い楽屋にさそいこまれたかたちだったが、そこにも他に人影はなかった。ショーのつなぎのバンドが、ホールの隅で憂鬱なひびきを立てているのが、聞こえて来るだけであった。

「おねがいよ。あたしを助けて。あたし狙われているの」

どぎついライトでない、ふつうの照明の中で、私はあらためて、この中国人の歌手を見なおした。見たところ、まだ二十歳を出たばかりの若い娘だった。

「わるい男にでも、ひっかかったのかね」

たぶん痴情沙汰かなにかだろうと思って、私はきいた。

「いいえ、そんなのとちがう。出入口を見張られてるの。おねがいだから、あたしを連れ出してね」

「あいてはギャングか、それとも警察《さつ》かね」

娘はあいまいな顔で、にやりとした。私のいうことが、わからなかったようにも、また不敵な表情にもとれた。異国人の持つ多少の不可解さはあるが、アクション物のヒロインにしては可憐すぎる感じであった。

彼女——入口の看板に出ていた呉馨芳という名は、本名かどうかわからないが——は、私に信頼の微笑を見せて、壁の衣裳戸棚の前に行き、扉をあけて、手ばやく薄物のケープをとりだした。その時、私は異様な感じ——場ちがいな物がそこにあるという感じ——を受けたのだ。あるべからざる物を見た気がしたのである。

私は戸棚の前に進みよって、かるく女を押しのけた。両びらきの片方だけが、まだ閉めたままになっている蔭から、はみだしていたのは男の後頭部だった。それが私の眼についた異物の正体であった。一人の男が戸棚の中に、ひざを折ってもたれこんでいたのだ。がっくり、うつむいた顔を、のぞいて見るまでもなく、それは安土老人だった。

今度だけは、消えた安土のいどころを見つけたのであるから、私にとっては最初の経験であった。同時に私は、かれの結末を見ることにもなったのだ。安土は死んでいた。

「どうしたんだね、これは」

私は若い歌手のほうを振りむいて、吐息をもらした。と、女の手に、すづまりのオートマチックがにぎられ、銃口が私を狙っているのに気がついた。女はいった。

「あなたは、その人の仲間じゃない。だから、あたしを助けてくれるわね」

「仲間じゃないけれども、今夜の連れなんだよ。その私に何故、たのむのかね」

「そのわけ、いずれわかるわ。いまは話しているヒマがないの」

うながすように、ちょっと銃口がうごいた。

「どうすれば、いいんだね」

女は片手につかんでいたケープを、投げてよこした。

「それをクロークに預けておいて。二、三分すると、ストリップの人たち、楽屋入りするわ。大さわぎしながら、やって来るから、裏口の見張りは、そのほうに気をとられる。その時、あたし、あなたの連れのような顔して、表から出るわ。うまくタイミング合わしてよ」

娘はにっこりして拳銃を手提《てさげ》に落とした。その信頼にみちた微笑を見ると、私ははじめから彼女の共犯者だったような錯覚におちいった。私は楽屋を出て、クロークに女のケープをあずけ、私達のテーブルに帰って来て、受持ちの女を呼んだ。

あと一、二分で、楽屋入りしたストリッパーたちが屍体をみつけ、大さわぎが持ちあがる。中国人の歌手ばかりでなく、安土の連れだった私も、だいいちに疑われることになるだろう。だが、私は落ちついて勘定をはらうと、立ちあがってクロークへ行った。ケープを受けとると同時に、物かげから出て来た呉馨芳が、私の腕に腕をからませた。

地上に出ると、彼女はあたりに眼もくれず、歩道に寄せて止めてあった大きな車の、運転席をあけた。どこかに監視する眼があるらしく、彼女の顔色から緊迫した状勢が読まれはするのだが、それにしても落ちついているのに感心させられた。私は彼女の何気ない風を見習うことにした。

左側にハンドルのついている外車に乗りこむと、彼女はいそいでイグニション・キーを入れ、周囲の暗がりをすばやく見すかし、スタートした。

車は無事にすべりだした。歩道に叫ぶ声も銃声も聞こえず、あとを追って来る車もなく、あっけないくらいだった。私はかくしから煙草を出して、くわえた。

「あたしにも、ちょうだい」

呉馨芳がまだ緊張の消えない声で、いった。

「これから、どうするつもりだね」

ハンドルを握っている女に、煙草をくわえさせ、火をつけてやりながら、私はきいてみた。

「おまかせするわ。方向リードしてよ。あなたのおうちへ行くわ」

「私のところへ?」

「そう。かくまっていただくわ」

気まぐれや冗談でないのは、馨芳のきまじめな表情でわかった。しかたがないので、私は煙草のけむりの中から、彼女の横顔を観察することにした。

この女は何故、安土を殺したのか。それとも安土を殺したのは、誰かほかの者だろうか。そして、彼女はほんとうに私を信頼しているのか。それとも、せっぱつまって、からだを張っているのだろうか。

どっちみち、これから、どういうふうに発展するかは予想もつかなかった。安土が私を、あの地下のキャバレーに連れて行ったことにも、何か別の目的があったのかも知れなかった。そう考えると、その晩、私をおそった妙な事件が、偶然でないという気もして来た。

歌手呉馨芳が福建語でうたった「雨の夜の花」は、二十年前の台湾の流行歌だった。そのころ、この女は生れていたとしても、まだほんの幼児だったはずだが、とにかく、この歌を知っているということは、彼女が北回帰線に横断された島から来たことを、証明するものだった。

私は馨芳の顔から、フロント・グラスの中の闇に眼をうつし、そこに眼をこらしながら、記憶と思考のさかいにあるものが自然に発展し、呼びさまされた若干の事実とむすびついて、ゆがめられた印象を匡正《きょうせい》してくれるのを待った。こういう時、私のいつもやる方法なのだ。

「あの信号を右へ――」

私はほとんど無意識に、道を指示していた。視界はひろくなり、車は道路の真中に引かれた一本の白線に沿って進んだ。その白い線を車といっしょに、たぐり寄せながら、私は長いあいだの習慣から来る、なかば本能的な技術で、過去の記憶の中に道をつけて行った。

第一章　黄色い眼

見附のちかくにある地階キャバレーの楽屋の、衣裳戸棚の中で死んでいた老人と、はじめてかかわりを持ったのは、昭和十四年九月で、そのころは、もちろん、まだ日本の領土だった台湾の首府、台北に、私はいたのである。

午前十一時、鉄道ホテル二階十九号――という指令を受けて、台北駅の前にあった煉瓦建てのホテルを、こっそり訪問すると、うすぐらい小部屋の卓を前にして、麻の背広を着た小さな男が、きちんと坐っていた。それが初対面の安土少佐であった。

骨ばったひたいや細い口髭が、神経質そうな印象を与える顔だったが、黄色く濁った眼に、ときどき光のやどるのが、猫のような感じに見えた。

「久我中尉、きみは今から別命のあるまで、わしの指揮下にはいる。行動は束縛しないし、きみのほうからは報告もいらない。ただ、指定された場所期間内で全力をつくすこと――わかったね」

かれは私の、だらけた不動の姿勢を、不愉快そうな眼で見つめて、掛けてよいというように、かれの前の椅子をしめした。

「きみは大耳降街《だいじこう》〈注〉で起こった事件を、知っているかね」

「新聞で読んだ程度ですが」

「では、事件に関係のある人物のことを、だいたい、おぼえているだろう」

私は遠慮なく椅子に深くかけて、安土の顔をみつめた。かれは私の注意力を試しているつもりかも知れなかったが、前の月に起こった事件であるから、苦労するまでもなく思いだした。

「台南市にちかい小さな町で、街役場《がいやくば》の吏員が、警察署の書記を毒殺した事件ですね――二人とも本島人でした――町の中心部にある氷屋が現場だったので、はじめは清涼飲料の中毒かと思われたが、しらべてみると、珍しい毒物が使われたことが、わかりました――たしか、アコニチンのような麻痺《まひ》毒だと思いましたね」

安土は満足そうに、うなずいた。

「犯人は被害者と同居していたくらいで、仲のいい友人同士だったらしいが、女の問題がからんで、犯行の動機は三角関係だったとか――とにかく、あの事件は一応、かたづいたものと思ってましたがね」

「ところが、犯人は台南に送られる前日、留置場を脱走した。そして、かれの逃亡を外部から援助した者が、おるらしい」

安土は苦い顔に、かすかな笑いを浮かべて、いった。

「犯行の原因になった問題の女は未亡人で、大耳降署の保安係長をやっていた坂西という警部補の妻だった。この男は今年の六月、同街のはずれにあるマンゴの並木道で、死体になって発見された。暗殺されたのだ」

「その事件も記憶しています。だが、あれは、われわれのほうでも相当、追及したはずじゃありませんか」

「いや、われわれは実際には、あまり気にしなかったのだ。警官の暗殺は、最近ではもう珍しいケースだからね。今度の事件から考えると、あれも治安問題と見せかけた市井の犯罪だった、といえるかも知れない」

「警部補が暗殺されて、今度は同じ街の警察の書記が毒殺された――それでも単なる市井の犯罪ですか」

「大耳降は平和な町で、住民にも不穏分子は見出されない。でなかったら、坂西を殺した犯人も、もうあがっているはずなのだ。大耳降署では、あの事件をまだ捨てずに追っているからね。同署の刑事課に、馮《ひょう》という仕事熱心な巡査部長がいて、本島人ながら忠誠な男だが、この男が坂西の事件を担当している。かれの見込みも、坂西の身辺にしぼられているようだが、きみも馮に会ってみる必要があるね」

「しかし、市井の事件という見込みなら、何故、自分の出る幕があるのですか」

「事情がちがって来たのだ。つまり、書記殺しの犯人が脱走し、それを外部から助けた者があるらしいからだよ。警察とわれわれとは、仕事の目的がちがう。かれらは犯人を逮捕し、犯行の証拠を提出すればいい。だが、われわれには、かならずしも犯人を捕える要はない。何故、殺したか、治安上の目的で、その原因を探り出すことが、必要なのだ。わかるかね、久我中尉」

　安土はちょっと馬鹿にしたような眼で、私を見て、さとすように、いった。

「台南地区に治安状況の不安があるのですか」

「いや。目下のところ、ないということは、はっきり、いえる。が、危険はある。こういう時期には、必ず悪いことが起るものだからね」

「こういう時期といいますと？」

「今年の五月に、ホロンバイル草原で起こった戦闘が、我方《わがほう》に大損害を与えて停戦にならうとしているのを、きみはまだ知らんのかね——そればかりか、ヨーロッパでは、ヒットラー総統が触手を伸ばしはじめた」

「自分ら下部の者には、真実はなかなか伝わりません」

「ヒットラーが動き出せば、ソ連は、そのほうが心配で満州から目をはなすだろう。ソ満国境は小康を得る。そうでなくても、わが国はいま磐石のかまえではあるが、こんな時にはやはり警戒は怠れん。特に思想侵略には、厳重に注意しなければならんのだ」

「そういう事実があるんですか」

「あるとはいわん。だが、注意するのだ——大耳降の事件の現場に、たったひとりの内地人が居合わした。品木渡《しなきわたる》という青年だが、この男の行動には、腑に落ちない点がある——かれは内地の大学を出ると、すぐに台湾にやって来た。その時すでに台南の中学校に教師の口がきまっていたのだ——ところが、かれは中学校をことわって、ふいに大耳降のような田舎の公学校（本島人子弟の初等学校）へ赴任してしまった——内地から決めて来た折角のチャンスを捨てて、田舎の公学校教師などになるとは、狂気のさたともいえる」

　安土のはげしい語気におどろいて、私は顔をあげた。理屈に合わない行為をする者に対して、敵意や嫌悪を抱く人達がいるが、安土もその一人らしかった。が、語気に感じられるものを、かれの顔の上に見出すのは困難であった。

「もっとも、かれを変り者だと見る者もある。かれは文学青年というものらしい。だが、それも欺瞞かも知れん。かれは大耳降へ落ちつく前、台北にも台南にも、それぞれ一カ月ぐらい滞在した。が、そのあいだ別に、目につくような足跡を残してはいない。品木はブラックリストに載っている学校の卒業者だが、いまのところ思想的なヒモがついているようには見えない――ところで、きみはすぐ台南に戻れるかね」

「戻れます。ただ、今日の午後、ひとつ、会合に出る約束があります。いままでかかっていた調査の続きなんです。それに出れば報告をまとめて行かれると思いますが」

「では、いつ台北をたてるんだね」

「今夜か明日の朝」

「よし、それでいい」

そういうと、安土は椅子ごと、わきをむいてしまい、私が立って部屋を出て行くまで、ひとことも口をきかなかった。私がかれの気に入らなかったことは、はっきりしていた。

私は遊撃的な役割で、一月ばかり前から台北に来ていた。そして私のしらべさせられていたのは、まったく当局者の杞憂にすぎないような、ことがらであった。

そのころの住所不定だった私にも、やや一定した足だまりのようなものがあるとすれば、それは台南市内に借りている小房だった。そこに市民として、影のような存在を残しておく必要があったのである。だから、台南地区の事件に戻されるのは、当然かも知れなかったし、私としても気やすく帰ることが、できたわけだ。

だが、日本からの新渡台者の身許調査は、いちばん気がすすまない仕事であった。統治者の神経というものが理解できなくなるのだ。またかと思ってうんざりするのである。品木とかいう青年は、おそらく文学好きの変り者で、偶然、妙な事件の側杖を食ったに過ぎないのだろう。

私には新しい事件に振りかえられたという、心のはずみのようなものは、何も感じられなかった。とても気の合いそうもない、不快そうな顔をした小男が、八分音符の休止符ぐらいのあいだ、私の時の流れを、さえぎって、暗い命令を与えて消えたのに過ぎなかった。

私は鉄道ホテルの植込みのあいだから、街路に出て来ると、この半月ばかり送って来た台北の生活の中へ、重い気分の他には何の感情もなしに、そのまま、はいりこんで行った。

午後二時、私はまた承恩門前の、靴の底にへばりつくアスファルト路に、すがたをあらわし、揚げあぶらのにおいの充満する、にぎやかな大稲埕《だいとうてい》の通りにはいって行った。台北での最後の日に、仕事ともいえないような仕事の責任を果して行くつもりだったが、われながら、だらけた足どりだった。亜熱帯の暑気のせいばかりでもない。私自身に厭気がさしていたのである。

山水亭の二階にあがって行くと、杉江杏楼君の顔が見えた。杉江はにこにこしながら、そこに集まっていた身なりのよい本島の青年紳士たちに、私をひきあわしてくれた。

内地から来た文化人――そんなふうに自分が紹介されるのを聞きながら、私は腹の中で苦笑していた。その四、五日前、はじめて台北で会った杉江は、私について、ほとんど何の知識も持っていなかったはずだ。が、杉江はちゃらんぽらんな男ではない。私を信じて、私のにおわしたままを正直に他の人達に伝えているのである。この誠実そうな人物に対して、私はちょっと気がひけていた。

この日の集会にさそってくれたのも、杉江だった。本島人の有志があつまって、芸術映画の製作会社をつくる――そういうものは、まだ台湾にはなかった。いわば台湾映画の誕生である――この企画に、杉江杏楼は指導的な役割を持っていたらしく、たいへんな情熱で、はじめて会ったばかりの私が、文学好きだと聞くと、むしろ私にその義務があるかのように、強引に出席を求めたのだ。

新映画社創立委員会の顔ぶれの中には、大稲埕の富商のせがれが、二人もはいっていた。私は杉江のとなりに掛けさせられ、会議のなりゆきを退屈しながら傍観しているだけだったが、討議が終ると、内地の映画の事情について、二、三の人から質問を受けた。

台湾に渡って来てから、まだ一年半にしかならないという、杉江の紹介がきいたのだろうが、私の返答が、かれらを満足させるとは思えなかった。私にはあまり興味のない問題だったし、そうした事情には、かえって外地に住むこの連中のほうが、私よりも詳しそうに見えたから、私はあいまいに、お茶をにごす程度のことしかいえなかったのである。

書肆の若主人の応《イエン》は、新映画社の有力なパトロンの一人と目されている、品のよい青年だった。その応がちょっと鋭く私をみつめて見事な日本語でいった。

「久我さんは、あまり映画に興味をお持ちでないのじゃ、ありませんか」

「実はそうです」私は正直に答えた。

応が他の連中に聞こえないように、小さな声でいってくれたので助かった。

「文学以外には、あまり……」と、私はあいまいに答えた。なんとなくつじつまさえ合えばいいと思ったのだ。が、応はこっそり微笑して見せた。

「ワタシもそうです。久我さんは小説ですか、詩ですか」

「いや。なんてことはないですよ」

「そんなこと、ありません。ワタシ、劇を書きたいと思ってます。新しい劇です」

「それは結構ですね。台湾には作家志望者が相当いるんですか。こちらでも、文学雑誌が発行されてますか」

私が話題を変えたのは、返事にこまったからばかりでもない。

「それは、相当いますよ」と、ちょうど私達のそばに来ていた杉江が、代って答えた。

「事変がはじまってから、印刷物の検閲がきびしくなって、あまり活発じゃありませんが、現にこの応くんも、文芸誌に投資しているんですよ」

「そういえば大稲埕に、そういう種類の雑誌の発行所があるってことを、聞きましたが」

「それなんです」と、応がひきとって答えた。

「しかし、いま休刊中です。編集を委託してた男が、使いこみやりましてね。長くこちらにいる内地の人、なかにダメな人います」応は気がねらしく、杉江の顔をちらと見た。

私はその二人の顔を等分にながめながら、ふと思いだしたように、きいてみた。

「そういえば、もしか品木渡をご存じじゃありませんか」

応と杉江は私の問いに顔を見あわせ、それから、かぶりを振った。

「知りませんね。文学をやる人ですか」と、杉江がきいた。

「そうなんです。台南で一度か二度、会ったことがありますが、こちらにもしばらくいたそうだから、あなたのグループにも顔を出したかと思ってね」

「ワタシお会いしたことありません」と、応が答えた。

「でも、ワタシタチの文芸誌に投稿してた人でしたら、編集者が知ってるかも知れませんよ。原稿を募集する度に、全土から応募者がありましたからね」

「作品を募集したままで、雑誌を休刊にしたのは、まずかったですね」と、杉江が横から口を出した。

「だいぶ原稿が集まってるそうじゃないですか。復刊の見こみがつくまでは、選考もしないつもりですか」これは杉江が気にかけていた問題らしかった。

「復刊の見こみは、むずかしいです。ワタシ編集者に、ずいぶん迷惑かけられましたからね」応はちょっと怒った声になった。

「しかし、あのまま、やめちまうのは惜しい気がするし、台湾の文化のためにもマイナスなんだから、なんとかならないものかな」

杉江がとりなすようにいうと、他の人達の中には、杉江の言葉にうなずく者、だらしのない編集者をののしる声、この時勢では復刊はとてもむずかしいという悲観論など、その問題は期せずして話題の中心になり、私の持ちだした品木の名は、そのかげに埋もれて消えてしまった。私にはその方が都合がよかったので、かれらの論争を微笑しながら聞いていた。

私は決して任務に忠実とはいえなかった。台北に来ても、命じられた調査に当った日より、無目的な観光旅客のように、あてもなく街をさまよい歩いて暮した時間のほうが多かった。目的のない旅行者、それが本来の私なのかも知れない。だが、その本来の私の素顔が、杉江を惹きつけ、彼の社会に私を連れて行かせたと、考えることもできるだろう。

人間社会に起こる事件には、凝縮と拡散の二つの形がある。発生から終結まで――もし、その全貌をとらえてみることが、できたとすれば――常にこの二つの形に反復運動が行われているのが、わかるだろう。

私の仕事は、どちらかといえば、拡散の方向を追って行くむずかしさと取組んでいる性質のもので、そのために、あてのない旅を続ける生活が、身についてしまったようである。

私の背後にいる人達は、私を仕事の面では有能者と見なしていたらしい。が、もしも私の頭の中をのぞいてみたら、ちぎれた妄想が屑糸をまるめて詰めたようになっていて、とても使いものになる頭脳とは判断しなかったに違いない。だが、頭の中にとらえた事件も、その不可知の実体である現実の事件と同じく、ふしぎなまわりあわせで進展する。推理の発想と手がかりの実在は、相互に証明されるべきもののようだが、その証明の過程だけが、私には興味があったのだ。当時、その他の一切は私にとって、無に等しかった。その興味だけが、他の一切の無に対する反抗だと、いってもよかったのである。

ちょうどその時も私の頭の中で、二、三本の屑糸が、ややもやした形でつながろうとしていた。映画会社の創立委員会に、私は関心を持つ立場にいなかったし、私の印象では、その間に危険の分子はすこしも見あたらなかった。私はむしろ、はじめて会った異分子の私を、かれらが隔意なく仲間入りさせてくれたことに感謝した。

委員会はくずれて小宴となり、それが果てる頃、私は杉江たちと別れ、委員の一人の応と、あかりのついた大稲埕の裏町を、肩をならべて歩いた。亜熱帯の夏のおわりの宵の、大河のほとりにある煉瓦の街の空気には、したたるようなつやがあった。

「このあたりは台北でも特に好きな町です」と、私は応君にいった。

「むかしからの問屋街です。淡水口《たんすいこう》まで、たいした距離ではありませんから、貨物港として目をつけられたのです。ここで製茶業がはじめられた頃、工場が六つありました。それで六館街といいます」

応の説明は、私の持っている案内書《ベデカー》にも載っていた。私は微笑しながら、いった。

「鹿港《ろくこう》の、あの日の目を見ない、ふしぎな街にしても、ここのやたらに段差のある歩道にしても、造ろうと思って出来たのでない、おもしろさがありますね」

「失礼ですが、久我さんは台湾の理解者ですね」と、応が感心したような声で、いった。

「ワタシタチは、しぜんにできたものを、そっとしておいて、もらいたいと思います」

「同感ですね」

無限にくりかえされる進歩という名の改悪や、破壊を思いながら、私は答えた。

「久我さんは台南の、どちらにおすまいですか」

「私は旅行者です。この土地へ根をおろしに来た人間じゃありません。だが、台南にはきまった宿舎があります。新公園のそばです」

「ああ、新公園ね」

「あなたはもちろん、ご存じでしょう。そういえば、あの辺にも応さんという旧家がありますよ」

「ワタシの一族です。久我さんは台南の応家の人たちと、もうお知りあいですか」

「いや、残念ながら、まだ、おちかづきになっていません。あなたのご一族でしたか」

「といっても、遠い関係です」何故か、応の声には暗いひびきがあった。

だが、私はそれを無視して、いった。

「ご好意にあまえてよければ、あなたから、ご紹介いただけませんか。応家はオランダ藍絵皿や万暦の壺の蒐集家だそうで、一度拝見したいと思っていました」

「ええ……あとで店のほうへお寄りくだされば、紹介状を書いておきます」

応はちょっと、ためらいを見せたが、すぐ気を変えてこころよく受けあうと、ちょうどその前を通りかかった、一軒の家を指さして、いった。

「ここが文芸誌の発行所です。ワタシの店の倉庫を改造したのです。では、ワタシここで失礼します」

応の色じろの品のよい横顔が、くらがりに消えて行くのを、ちょっと見送ってから、停仔脚《アーケード》のかげに暗い灯影の見える、その家へ私ははいって行った。

休刊中の雑誌の、だらしのない編集者は、おなさけで放逐もされず、あい変らずそこで寝泊りだけは、させてもらっているということだった。会ってみたいというと、応がそこまで案内してくれたのである。

土間に立って声をかけると、山と積まれた雑誌や原稿の包みのかげから、シャツの胸をはだけた中年男が顔を出した。度の強い近眼鏡が、げっそりした頰にずりさがって、あから顔へいちめんに汗が吹きだし、安物の米酒《ビイチュウ》のにおいを、ぷんぷんさせていた。

「あなたが文学雑誌の編集をやってた水野さん？ 台南から来た久我という者だが」

水野は、うさん臭そうに私の顔をみつめてから、急に合点がいったようにうなずいた。

「ああ、応募原稿を取りに来たんだね。だけど、こんな時間に来られても、どうもならんな。この暗い電灯の下で、何ができると思うんです。それに、ごらんのとおり、手がつけられないほど溜っちゃってるしね。明日にでも、また来てもらえませんかい」

　私は苦笑しながら、いった。

「自分の書いた原稿を取りに来たんじゃないが、お願いするのは同じことです。品木渡という男が、創作を送って来てるはずなんだ。彼にたのまれて来たんです。品木というんだが、筆名で書いてるかも知れない。その点を聞いて来るのを、うっかり忘れたんだが。だから、差出人の名義も、しらべてもらいたい。住所は台南市か、台南のちかくの大耳降街になってるはずです」

　水野は当惑したように顔をしかめた。

「なにしろ、こう山積してるんでね。そう、すらすら頼まれても、こいつを引っかきまわすのは大仕事だよ。雑誌が休刊しだしてから、問合せや原稿の返送依頼が、ほうぼうから押しよせて来る。編集同人はみな、ぼくの責任にするし、パトロンの応はつめたい男だからね。すこしばかりの嘱託料で、何もかも背負わされちゃ、かなわないよ」

　私は笑いながら、いった。

「そこをひとつ特別に頼みたいな。お礼はするよ」

「礼をもらう、すじあいのことじゃない」

「では、いっぱい買うということで、どうかね」

私の、ぞんざいな言いかたが、かえって気に入ったのか、水野はにやりとした。

「まあ、こっちにも義務があるんだから、探さないとはいえない」

私は台南の住所を刷った名刺と、いくらかの金を水野に渡して、見つかったら早速、郵送するように頼んだ。

品木渡が、はたして、この雑誌社に原稿を送ったかどうか、私に自信があったわけではないが、かれが文学青年ならば、本島唯一の創作雑誌といってよい、この文芸誌に、投稿した可能性は充分あるはずだ。品木の原稿が実在したとして、それを手に入れてどうしようという目的が、あったわけでもない。

品木渡はブラック・リストに載せられたばかりの、新顔の注意人物だった。それも、すぐリストに棒を引かれそうな、軽い容疑者であった。

安土少佐の話によれば、品木は内地の大学を出ると、台南市の州立中学校に奉職することになって、すぐ渡台した。が、何のためか、ふいに予定を変更して、大耳降街の公学校教員になってしまったのだ。安土たち上層部には、それが特に意表をつく行為と見えたらしく、おまけに品木の出身校が、思想関係のリストに載っていたことから、注意をむけられたのだが、疑点は薄弱だった。

品木の行為はそれほど不審なものだろうかと、私は苦笑しながら考えていた。私自身、ひどくふらふらした青年時代を終わりかけた頃に応召して、特殊任務を負わされるようなことになっていたからだ。安土たちは品木の若さを見落としていると、私は思い、四角ばって筋のとおった、かれらの人生をあわれんだ。

杉江杏楼を先生格にして映画製作を企画している、応たち台北の善良な青年と同じく、品木渡が無害な人物であることを、私はなんとなく信じていた。ただ、品木というのは、どんな青年か、もし、かれが小説を書いたとしたら、どんな内容の小説か、調査の資料として、眼をとおしておきたいと思った程度のことであった。と、いうよりも、むだと思える手も念のため、いくつか打っておく、ふだんの習慣にすぎなかったのである。

六館街の雑誌社を出ると、その足で私は大稲埕の、応の書肆に寄って、台南の応家への紹介状をもらった。大耳降へは、行ってからの時間の使いかたを考慮して、翌日の始発でたつことに、きめていた。

私は宿舎に帰って報告をまとめ、それからすこし眠ると、暗いうちに起きだした。南門の植物園の近くにあった私の宿舎から、台北駅まで、人どおりの絶えた街をこつこつ歩き、汽車に乗った。

行くさきの、まだ行ったことのない小さな街のようすは、心に浮かばなかったが、そこで品木という青年が、どんな生活をしているか、ちょっと興味があった。だが、品木が原稿を書いたかも知れないというのは、私の思いつきにすぎず、原稿の実在を、それほど期待していたわけではなかったから、それが、その後、続いて起こった怪事件の、手がかりになろうなぞとは、まだ想像も及ばないことであったのだ。

〈注〉台湾が日本の領土だった頃は、総督府統轄のもとに、州（または庁）の地方行政機関があり、州下に郡（または支庁）市があって、郡主または市尹《いん》が行政、警察、衛生などを監督した。郡は更に街、庄に分かれるが、これは内地の町村とほぼ同じだった。また下部行政事務をたすける保甲制度（後出）というものがあって、十戸を甲、十甲を保とし、甲長、保正などが、それぞれ組織内の治安に任じた。

第二章　赤い花簪《ホエサム》

台北から南下する列車は、正午を過ぎたころ台南にちかい畑の中の小さな駅に停った。窓から首を出して駅名を読むと、私はあわてて網棚から小さなボストンバッグをおろし、ホームに降りた。車掌に聞いた大耳降に最もちかい駅が、そこだったからなのだが、私をおきざりにして出て行った汽車の煤煙のただようホームに、私はしばらく呆然と立ちつくしていた。

さえぎる物もない平原の空は真昼の暑熱に白濁し、その下に荒れた感じの耕地が際限なくひろがっていて、街の影などはどこにも見あたらなかったのだ。汽車から降りたのも私ひとりだったから、雑草がコンクリートの上に這いあがっているホームには、人影もなく、まちがえて廃駅にでも降りたのではないかと、とまどいさせるものがあった。

黒い輪っぱを肩にかけた駅員の姿が、ホームのはずれに沈みかけているのが、さいわい、すぐ目についた。そこに石段があり、そのかげに小さな駅舎があったのだ。きいてみると、そこから大耳降までは、およそ六キロあり、台南大耳降間のバスの最寄《もよ》りの停留所までも四キロあるという。途中は見るとおりの平原で路上に村落もなく、川原をひとつ越さなければならない。軍のトラックがそこにかかっている橋をガタガタにしてしまったから、注意するようにと、駅員は親切に教えてくれた。が、私は聞きながら臍《ほぞ》をかんだ。

遠まわりでも台南からバスで行けば苦労なく行けたのに、時間の経済を考えて手前の駅で降りてみたのだが、まさか自分の足のほかに、乗物が何ひとつないとは想像しなかった。なんのために、こんな原なかへ駅をこさえたのか、腹立たしくなった。だが、五、六キロの里程だと聞いたので、私はそれほど苦にしてはいなかった。自分の脛《すね》にたよることを、あまり億劫がらないほうだったからだ。

私は単調な平野の道を、鞄をかかえて、しばらく歩き、駅員のいった川原に出た。ところどころ板が欠けて穴のあいた本橋が、架《かか》っていた。その上に立って見ると、川原の砂地に深く食いこんだタイヤの痕が、水際まで続いているのがわかった。浅瀬を知っているトラックが、危うい橋を避け、水のひける時刻を待って、そこを通るのだと思った。

川のむこう側では、道は砂糖黍《さとうきび》の畑の中を通っていた。私の背丈よりも倍も高く茂っている畑のひろさは、ちょっと測り知れないほどだが、小さな庄《むら》をすっぽり匿してしまうぐらいはあったろう。事実、畑の切れ目に、竹林や村家の屋根が見えるところがあって、私をほっとさせた。だが遠くに家は見えても、人影はなかった。

私は台南にいたあいだに、大耳降まで行ったことがなかったから、この辺はまったく土地不案内なのだが、駅員に教わった道順は単純なものだったから、心配しないで暢気に歩くことにした。単純なせいか、ばかに遠いようにも感じられ、多少不安になることはあったが、道を聞こうにも、駅を出てからまだ人っこひとり、出っくわしていなかったのだから、暢気にかまえるほかはなかったのでもある。

私は甘蔗《カムチャ》の青い壁のあいだを、ボストンバッグを肩にかついで、無心に歩いた。日は高く、北回帰線を越えた地方の暑さは、圧倒的だった。時どき畑の中で、風もないのに葉のそよぐ音や、鎌を使う音らしいものが聞こえることもあった。人がいたのに違いないが、姿は見えないし、声も聞かなかった。

耕作地が切れるあたりで、道の片側に、ふしぎな建物が遠望された。建物というよりも細長い丘陵を彫って、かたちをつけたように見える。赤茶けた色の巨竜が鱗《うろこ》を逆立てて、腹這いになっているといった感じだった。それが台湾の建築物の主要材料である、煉瓦を焼く窯場《かまば》だということは、あとで聞いてわかった。私はそれからまだ、まるで無人の土地を、かなり歩かされた。

しかも、ほとんど休みなしに歩いて、シャツの襟を汗で濡らし、靴の中で膨脹した足を引きずりながら、大耳降の街路にはいって行った。

大耳降街は台南平野の片隅にあり——この辺から嘉義《かぎ》方面にかけて徐々に登りになる——台湾海峡に面した平原の中の、大きな村落という感じだが、中心部に、思ったよりこざっぱりした煉瓦の建物のならんでいる、短いメーンストリートがあって、問題の氷屋はそのはずれにあるのだ。

私はまず警察署へ寄ることにした。警察署は街《がい》役場の構内にあった。小さいが、むっくりした感じの、黄色い煉瓦建ての立派な洋館が二つ、檳榔樹《びんろうじゅ》や棕櫚《しゅろ》の木の茂みにかこまれて、ならんでいるところは、駱駝のこぶを思わせた。

私は署長室の、ピカピカしたデスクの上にヘルメットをぬいで、やっとひと息、入れた。

「へえ、あの駅から歩いていらっしゃったのじゃ、たいへんでしたな。電話をかけてくだされば、迎えを出しましたのに」

署長は——頭が禿げあがり、制服の腹の突き出た、いかにも署長タイプの署長は——にやにやしながら愛想よくいった。だが、私が中毒事件の調査に来たというと、かれはたちまち愛想笑いを引っこめて、苦い顔になった。

「あの事件は当方では一応、調査を打ちきって、脱走した犯人の捜査も州警察の指示によって、やってるんです。当方の分担の係りは本島人の巡査部長にさせてますがね」

「馮次忠《ひょうじちゅう》という人ですか」

「よく、ご存じですね」

署長は不安そうな顔になった。

「だが、あの事件の資料は全部、州警務部に集めてあるはずですよ」

「でしょうね。私はただ、現場を見、現場の人たちから話を聞いて、考えをまとめたいと思ってるだけなんです。私の調査は別になんということもありません。あの事件の犯人をあげるのが目的じゃないんです」

署長は、みなまでいうな、という顔つきで、うなずいて見せた。

「わかってます。しかし、そういっちゃ、なんだか、骨折り損じゃないですかな。このあたりの治安状況に不安はありませんよ。みんな、おとなしい連中です」

「そう。どうせ、こっちは、しじゅうムダ骨を折ってるんですが、いい傾向というべきでしょうね。あなたがたのお蔭ですな」

ちょっぴり砂糖をきかせてやると、署長は機嫌をなおし、腹をゆすって笑った。

「久我さんの調査には、もちろん協力を惜しみませんよ。馮くんを呼ばせましょう」

署長のおいて行った巻煙草の吸いさしが、灰皿の上で、糸のような煙をあげていた。扇風機は台の上で、しずかに首を振っていた。私がデスクの上においたヘルメットは、給仕が来て、壁の帽子掛に掛けなおして行った。すべてが、あるべきところにあった。満ちたり、整頓されていた。しかも、アーチ形の欄間《らんま》のついた署長室の窓には、色硝子でバロック風の、わけのわからない模様が浮き出してあった。この駱駝《らくだ》のこぶのような建物にはいって来た時、何か古めかしい神秘主義のにおいがすると思ったのは、たぶんこの窓のせいだった。

つまり、簡潔とか真の整頓とかいうものは、この国にはない。自然にも人間の生活にも。豊穰とアンバランス、卑小な神話の世界に、よそから持ちこまれた統率と秩序が、困難な架線工事みたいなものをやって、やっとひととおり行きわたったというところなのだ。

「やあ、どうも、お待たせして……」

はいって来た署長は、灰皿の上の吸いさしをつまんで、もみ消した。

「残念ながら急用ができたので失礼させて頂きます。この馮くんと打ち合わせてください」

私はあいかわらず、ぐったり椅子にかけたまま、署長に目礼した目を、あとからはいって来た男にそそいだ。奇妙な感じの人物だった。痩せて背がたかく、日焼けした小さな頭部に、安物の瀬戸人形の、無造作に描きこんだような眼が、ちぐはぐな、とまどった表情をうかべている。かれとむかい合うと、この顔から、自分の言葉の反応を読みとれない、たよりなさを感じる。と同時に、この顔の前から逃がれられなくなる何かがあるようだ。

しばらく、かれと話しているうちに、私は馮次忠の片目が義眼であることに気づいた。義眼が放心した眼つきで、無意味にきょろきょろするかたわらに、馮の小さな目は、人の気をいらだたせるような鋭さで、じっと動かずに見つめている。かれの表情の秘密は、そこにあるようだった。

私はかれの顔を見ながら、安土少佐のいった言葉を思いだしていた――馮次忠は、本島人にはめずらしく忠誠な男だ――その忠誠心をしめすものも、かれのするどい独眼だったに違いない。

「現場はすぐ、この近くですが、行ってみますか」

馮は上司に対するような、謹厳な態度でいった。ちょっと横柄にきこえるが、上手な日本語だった。

「ええ。現場も見たいが、その前に、あなたの口から、ここで起こったことを、できるだけ詳しく聞きたいですね」

「どこから、はじめますか」

「はじめから。私はあの事件に関しては、何も知らないのと、おなじなんです。事件の日は今日みたいに、暑い日でしたか」

「そう。八月二十七日の午時《ひるどき》でしたからね。被害者は鄭用器《ていようき》という、この警察の書記やってた男です。その男は隣りの街役場に勤めていた友人の黄利財《こうりざい》とさそいあって、昼休みに氷屋へ出かけた。ところが、同じテーブルで、ラムネを飲みながら雑談中、鄭のようすが急におかしくなって、そのまま死んでしまったです。店には、ほかに客もあり、店員もいたのですから、衆人環視の中で起こった、といってもいいです」

馮は義務的な平板《へいばん》な話しかたで話し続けた。

「知らせを聞いて、ワタシは隣りの衛生課にすぐ連絡をとり、課員と立ちあいで現場検証しました。だが、街《がい》の衛生課があつかう、ふつうの中毒事件でないこと、すぐわかりましたよ」

「どうして、わかったんです？」

「まず、症状の進みかたが、非常に速かったこと。鄭はワタシがかけつけた時、もう息引きとったあとでした。それから、かれも黄も、壜詰のラムネ飲んだのですが、この種の飲料で、こんな症状の起きた例、まだありません」

「なるほど。それで、だれかが鄭に毒を与えたと、考えたんですか」

「いや、その時はまだ、なんともいえない状態でした。鄭と黄は一時間ちかくねばっていたのに、各一本のラムネしか飲んでません。それを飲むのに、壜の口から飲まず、添えて出された一・五デシ入りのコップ、用いました――中毒だとすれば、毒物は壜詰のラムネの中に混入していたか、またはコップの中にはいっていたか、です。が、それだけではまだ、環境衛生関係の中毒事件か、あるいは犯罪に関係があるのか、はっきりしません――呼ばれて飛んで来た近所の医者の診断では、死因は心臓衰弱ということでしたが、それも、自然死かも知れなかったです――事件の外貌がはっきりして来たのは、死体を台南の大学に運んで、解剖、依頼してからです。その結果、被害者の胃から、アコニチンやエサコニン系統の麻痺毒を吸収した痕跡が発見されたです」

「その毒物はよほど、めずらしいものなんですか」

「生蕃《せいばん》の使う矢毒にも類似のものがあります。生蕃は士気昂揚の興奮剤にも用いるそうです。ある部族の蕃人は、野生の烏頭《ウオタウ》の一種から、抽出する方法を伝えています。かなり古くから、その効果を知ってたんですね」

「ほう――」

私は窓ガラスの、わけのわからない模様に見入りながら、ちょっと考えこんだ。すると、その色彩の氾濫が、特殊な毒物の幻想のように見えて来たから、ふしぎだ。

「興奮剤として用いられるとすると、これは公衆衛生的な問題ではないが、薬物使用中の事故死とは考えられませんか。ご存じかも知らないが、数年前、内地で、ある有名な植物病理学者が、アコニチンを自家調剤して常用してるうちに、ぽっくり死んでしまったという事実があるんです」

「そんなこと、聞いたような気もします。内地の人が新年に飲む屠蘇というのも、アコニチンだそうですね」

「だから、鄭もそういう習慣を持っていて、毒の蓄積作用で、やられたんじゃないんですかね」

「残念ながら、そうじゃなさそうですな」

馮巡査部長は、にやりとした。

「毒の蓄積作用が鄭を倒したという意見は、大学の先生がたも同じでした。だが、未知の毒物を興奮剤に使用するには、超人的な勇気いると、いってます。また、もし鄭がふだん、そんなことをやっていたとしたら、他人に吹聴しそうなものだが、同居していた黄利財も知らないといってるし、ほかに聞いたものもない。それに、もっと決定的なことは——」

馮はするどい片方の眼で、私を見つめた。

「大学の解剖所見では、鄭が飲んでいた毒物は致死量といえないが、蓄積作用の最後のとどめになったと考えていいし、胃の内部の状態と死亡時刻から見て、それが死因になった事実、かなり正確に証明できるというのです——ところが、鄭自身がそういう毒物、現場に持ちこんだ形跡ありません」

「その毒物は、どんな状態をしたものだったんですかね」

「蕃人の使うのは、煎汁《せんじゅう》のような液体だそうです。よくわからないが、今度の場合も、そんなものじゃなかったでしょうか。何故かというと、鄭がコップに注《つ》いだラムネの中へ、誰かがその毒物をひそかに投下して、かれに飲ませたのだとすれば、被害者に勘づかれないという点では、液体のほうが理想的ですからね」

「黄利財が毒物を使用したという証拠があるんですか」

「残念ながら、誰が、どうやって、毒物を現場に持ちこんだか――もしそれが、われわれの考えるように液体ならば、その容器、どうやって匿し、あるいは持ち出したか――という点、全然わかっていません。だが、黄は被害者と同じテーブルにいた。毒の蓄積作用、利用したとすれば、かれらは同居も同然の生活してたのだから、黄にはそのチャンスがあった――」

「なるほど、どうしても黄利財が最大容疑者になる。だが、鄭と黄は、同居していたくらいの親しい友人同士だった。どんな動機があったのかな」

「かれらは町はずれの竹籠屋に、隣りあった房間《へや》、借りていて、まるで兄弟みたいに行き来していたんです。だが、動機がなかったとはいえません。鄭も黄も最近、坂西夫人の家に入りびたっていたようです。三月ばかり前に、この町で刺されて死んだ、坂西警部補どのの未亡人です」

「二人のあいだに、その夫人を中心にして、三角関係のようなものがあったと、いうのですか」

「実際のことはわかりません。しかし、あの二人は前から坂西家に出はいりしていました。警部補どのがなくなった時も、親身《しんみ》になって世話、焼いたのは、あの二人です。

かれらはそろって、未亡人に野心を持っていなかったとはいえません」

「坂西夫人はそんなに魅力のある人なんですか」

「美人です――」

馮の片目が妙な光を帯びたように感じたが、それは私の邪推かも知れなかった。

「あなたも坂西家の客のひとりですか」

「ワタシは、あまり……」

「坂西夫人は本島人だということですね。ご主人がなくなってからは、ひとりでこの街に住んでいるのですか。実家へ帰らないのですか」

「そうです。夫人はユリと、日本風の名を名乗っていますが、ほんとうは応氏珊希《おうしさんき》といいます。実家は台南にあります。だが、母親と意見が合わないようですね」

馮は顔をしかめた。

私は給仕が急須ごと持って来た包種茶を、がぶがぶ飲んで、汗をふいたが、まだ椅子から立ちあがる気はしなかった。

「当日、現場にいた人たちの動静を話してくれませんか」

本島人の巡査部長は、署長室にはいって来るとき、たずさえて来た綴込みをとりあげ、デスクの上にひらいて載せた。馮が私の注意をうながした紙片の上には、大きな矩形《くけい》がたてに描かれ、その中に、左右の辺に寄せて小さな矩形を各二個、中央にくっつけて二個、上下に円を各一個、描いてあった。

「氷屋のパーラーの見取図です」と、馮は説明した。

「図の下の方に、表側の店からはいって来る入口があり、上の方に中庭に出る出口があると、思ってください。戸口のわきに描いてある円は丸テーブルです。ふつうのテーブルは、左右の壁際に離して二個ずつ、中央にかためて二個おいてあります。入口のちかくにある特別小さな矩形は勘定台です」

「ああ、なるほど」

私は紙片に顔をちかづけて、たしかめた。

「むかって右側のテーブルのひとつに、×点がつけてあるのは、被害者のかけていた場所なんですか。ほかには、どんな人達がいたんです」

「洋裁屋のお針子と、郵便局の女事務員、近所の若い細君が二人、公学校の教員と、坂西夫人。黄と鄭と、店番の女の子、入れると、全部で九人いたことになります」

「ずいぶん繁昌してるんですね。これだけの店だから、相当にぎやかでしょうね。その公学校教員というのは、品木渡という青年ですか」

「そうです。久我さんは品木先生ご存じですか」

「いや、面識はありません」

「左側のテーブルは二つとも、鄭と黄がやって来る前から、ふさがっていました。お針子と事務員が一組、細君連が一組、占領してたのです。鄭たちが、その×じるしのテーブルについてから、すこしたって、坂西夫人がはいって来て、奥の丸テーブルにかけた。そのあと、すぐ品木さんが姿をあらわして、手前の丸テーブルに腰をおろしたという、順序なのです」

「その人たちは、みんな相互に知合いだったわけですか」

「品木さん、のぞいては、みんな顔見知りでした。品木さんが口をきいたことのあるのは、郵便局員ぐらいなものでしょう」

「品木は鄭や黄とも、坂西夫人とも、知合いじゃなかったんですか」

「ええ。現在では、取調べの場所で坂西夫人と何度か同席したはずですが、別に親しくなったようすありません。その当時は、品木さんは他の三人と、口きいたこともなかったでしょうね」

私は満足してうなずいた。

「そこにいた者で、被害者と特別の関係があったのは？」

「親しくつきあっていたのは、黄と坂西夫人だけですね」

「そこにいるあいだに、鄭のテーブルにちかづいた者がありますか」

「あります。まず、ラムネ運んだ店番の少女です。それから、お針子――これは鄭に呼びよせられて行き、テーブルに手をついて立ったまま、しばらく冗談をいいあってから、元の席に戻りました。もう一人は坂西夫人で、客のうち、一番はやく席を立ったのは彼女です。彼女は鄭のテーブルの前を通って、勘定台に行く途中、ちょっと立ちどまって、立ちばなししながら、二人に巻煙草ふるまって行きました。坂西夫人が金払って、勘定台の少女と言葉かわしているあいだに、鄭のようすがおかしくなり、さわぎが持ちあがったのです」

「ところが、そこにいた人のうちには、毒物に関係のありそうな物を持っていた者は、なかったというんですか」

「身体検査は厳重にやりました。が、だれ一人、ツジツマの合わぬ怪しい物を所持していた者いません。そういう物、始末したような形跡も、現場には見あたらなかったです」

　ツジツマの合わぬ怪しい物――という言い方がおもしろくて、私は微笑しながら、馮の顔を盗み見した。巧妙に日本語をあやつる才能は、たいしたものだった。

「どの人にも異常がなかったんですね。鄭のテーブルに、ちかよらなかった人は除いて、店番の女の子や、お針子には、疑える点がすこしでも、ありますか」

「まず、ありませんね」

「すると、坂西夫人はどうなんです」

「われわれ一応、夫人にも疑惑、持ちました。が、黄の証言によると、立ちばなしのあいだにも、夫人には怪しいそぶりなかったというし、勘定台の少女も、夫人が手に何も持っていなかったこと、証言しています」

「夫人の所持品は？」

「黒革のハンドバッグひとつ、持っていただけですが、内容は紙入、ハンカチ、塵紙、手帳、粉白粉、口紅、香水などで——化粧品はとりあげて、分析おこないましたが、毒物は検出されなかったんです」

「品木は、どんなものを持っていたでしょう」

馮は綴込みをひっくり返して、しらべた。

「品木さんの所持品は、紙入、ハンカチ、大学ノート一冊、万年筆二本とスポイトさしたシースです」

「黄利財の持ちものは？」

「煙草とマッチ、ズボンのかくしに小銭だけです。鄭も同様で、黄より多いのは、携帯用のサックにはいった櫛だけでした」

「すると、だれにも犯行の証拠はないんですね」

「そうです。状況から見て、黄だと思うほかに、手がないようです」

「あなたは黄が犯人だと思いますか」

「思います。犯人でなかったら、何故、脱走したのですか」

「外部から脱走を助けたらしい痕跡があるというが、かれを助けた疑いのある者が、その人たちの中にいますか」

「いないでしょう。黄には別の仲間がいたのでしょうね」

「どんな？」

「わかりません。いま調査中ですが、黄には前科がありそうなんです。おそらく、かれは老鰻《ごろつき》の仲間づきあい、続けていたのじゃないですかね」

私はやっと椅子から立ちあがって、埃《ほこり》びた己れの姿を見おろした。やはり、安土がいったように、市井の、おろかな事件のようだった。逃亡した黄は、まもなくつかまるだろうし、三月ほど前に坂西警部補を暗殺した犯人の手がかりも、それによって、つくかも知れない。私は有能な巡査部長の顔をながめた。

「あなたは坂西氏の事件を、どう思いますか」

「わかりません」

「やはり老鰻《ロウマ》に関係があると思いますか」

「さあ……坂西警部補どのの経歴によると、台南市の警察で公安の仕事をやっていらっしゃったころには、だいぶ老鰻と接触がおありになったようです。こちらへおいでになってからも、ときどき台南の盛り場に出かけていたようですから、そういう連中とも顔を合わしておられたと思います」

「それは警察の仕事でですか」

「もちろん、それもあったでしょう。が、なにしろ、ここの生活は単調ですから……」

馮は言いにくそうにいった。なるほど、かれは有能で熱心な警官だった。今度の事件にしても、坂西の件にしても、報われない調査をかなり、こつこつやっていたことが、わかった。

「いろいろ、ありがとう。おかげでよくわかりました」

何がわかったのか、というように、馮はチラと不信の眼をした。が、すぐ、さりげなくいった。

「現場、見てから、台南へお帰りになりますか。でしたら、ご案内しますが」

「いや、そこまでして頂かなくても結構。それより、町の地理を教わって、頭に入れておきましょう。それから、一、二日この町にいたいと思うんですが、宿舎をお世話ねがうように、署長さんに話しておいてください。あとでまた寄ります。鞄はその時まで、どこかそこらに、おいといてもらいます。大事なものは何もはいってないから、ご心配なく」

敵意とまでは行かないが、外来者に対する警戒と、あなどりが、馮の顔にはっきり浮かんでいた。が、かれは承知したというように、かるく頭をさげた。

警察署を出ると、日ざかりの暑気に、どっしりと圧《お》さえこまれた大耳降街は、眠っているようにしずかだった。現場が氷屋だったのは、まだしもであった。私の喉は警察署のお茶で満足できなかったからだ。氷屋は短いメーンストリートが果てるところの、町角のちかくにあった。

浅い停仔脚《アーケード》のかげにアイスクリームのストッカーをならべた狭い店があり、店の床を一段あがって、パーラーにはいるようになっていた。店には誰もいなかった。私は声もかけずに、パーラーへはいって行った。

馮巡査部長が描いた見取図そのままの室が、そこにあった。四人掛けのテーブルも丸テーブルも粗末で、むきだしのまま、図のとおりに置かれてあった。客が一人もなく、がらんとしているのが、よけい室内の物をむきだしに見せていた。事件当時の椅子テーブルの配置を、変える気はないと見える。ほかに変えようがないと思っているのだろう。勘定台もあった。が、店番の女の子の影は見えなかった。

私は入口のわきの丸テーブルの前に腰をおろした。勘定台が眼の前にある位置で、やがて少女があらわれたら、物をきくのに便利だと思ったからだ。

「いらっしゃい」

どこからか声がして、とうとう、その少女が出て来た。十三、四歳か、おどろくほど整った顔だちの美しい少女だった。私は冷えたサイダーを注文した。

ぎらつく空の下から、ふいにはいって来た室内に、眼が慣れてくると、少女がどこから出て来たか、わかった。勘定台のうしろに通路があって、そこからパントリーや、氷屋の住居の部分に、行けるようになっていたらしい。壁に貼った品名表の字も、読めて来た。だが、そこに書いてある飲み物の半分は、どんなものかわからなかった。

私のかけている位置から真正面に、ボサボサした樹のうわった庭が見えた。樹間《このま》に見える赤い色は、仏桑華《ぶっそうげ》らしかった。庭の出口のわきの丸テーブルには、真鍮の羽のついた旧式の大きな扇風機が、でんと載っていた。同じものは、私のいるテーブルの上にもあった。細長い室の両端から、室内へ風を送るように、考えてあったのだ。そして両端の出入口を、あけはなしてあったにも、かかわらず、風のない日の室内は暑かった。

「むこうの扇風機を、つけてくれないか」

私は少女にいった。扇風機がガタガタ廻りだした。ちょっと間をおいて、私のところへも微《かす》かに風が来だした。

「坂西のおくさんは、そのテーブルにいたんだね」と、私はきいた。

「警察署の鄭書記が死んだ日に、だよ」

「ええ……」

少女は私をみつめた。この年頃の者はみな公学校で日本語をならっている。

「おくさんは、ほかのお客と話をしたかね」

「ええ……」

そこにいた者は、ほとんど坂西夫人の知合いだった。だから、夫人は当然、庭にむいた壁を背にし、扇風機のかげに、こちらをむいて腰かけたはずだ。ちょうど、いまの私とは、ななめに対面する位置になる。そして、私のいる位置には、その時、品木が来て、かけたはずだった。

「その時、この扇風機は、ふたつとも廻っていたのかね」

「ええ……」少女はまた短く答えた。

私は自分のテーブルの上の器械にも、スイッチを入れてみた。分厚な真鍮の羽がガタガタと、ふるえ声を立てて速力を増して行くと、私は不安になって、スイッチを切った。

「だめだね。あまり涼しくならないね」

私は美しい本島人の少女に笑いかけた。

「坂西夫人は勘定をはらってから、すぐに出て行かなかったそうだね。どうしてだろう」

「あたしが、おしゃべりして、引きとめたのよ」

「どんな話をしたんだね」

「おくさんの指輪を、ほめたのよ。あんまりキレイだったから」

少女は自分の左手を持ちあげて、しげしげと見ながら、いった。日に焼けてゴツゴツした、顔に似合わない手だった。もちろん指輪など、はまってはいなかった。

「左手の中指に、大きな、夕方の空みたいな色の宝石《いし》の指輪が……」

「ふーん……」

大きな宝石の指輪は、こんな年頃の少女の頭に、いろいろな空想を湧かすのに違いない。たぶんそこが、夕暮の空の色で、いっぱいになっていたのだろう。気の毒だが、私は彼女を現実に引きもどした。

「品木くんを知ってるかね」

「ええ、学校の先生でしょう。よく、ここへ見えるわよ」

「坂西夫人や、鄭や黄も、よく来ていたのかね」

「ええ……」

「あの事件が起きた時のことで、きみが特に気のついたことはないかね」

「ないわ」

「鄭がラムネを飲んだコップは、これと同じものかね」

私はサイダーを飲んだコップを、持ちあげて見せた。

「ええ、そう。コップは警察が持って行ったわ。あの時、仕入れてあったラムネも全部」

りこうな少女だった。

「ラムネの栓は二本とも、黄があけたんじゃないのかね」

「いいえ。あたしがあけたのよ」

「そうか。ちょっと、そのとき使った栓ぬきを、持って来て見せてくれないか」

「お客さんは台南から来た警察の人ね」

「そうじゃない。ただの旅人だよ。物好きなんだよ」

少女は信じない眼をした。が、栓ぬきは持って来てくれた。あの特殊な、実に特殊な形をしたラムネの壜に、あわせて考案された、むかしからある木の栓ぬきだ。椎茸《しいたけ》を立体化したような形をしたあれである。

もし、毒が青酸カリの粉末のようなものだったら、この栓ぬきのまんなかの突起の周囲に、なすりつけておいて、ポンと栓をぬくと――つまり、あのガラス玉の栓を、壜の中に突き落とすと――毒も多少はラムネの中に混入するはずである。微量でもききめのあるものなら、この方法で目的を達しられる。受けとった栓ぬきを、ひっくり返してながめながら、私はそう考えた。

「この栓ぬきにその時、かわったところはなかったかね。何か気がつかなかった？」

「いいえ――」

やはり無理な想像らしかった。ラムネの壜は、この少女が口をあけたというのだから。黄が犯人だとすれば、この方法を他人にやらせるのは危険だった。かれもラムネの一本を飲んだのだから。

私は立ちあがって、勘定台の前に寄った。そこからは住居につながる通路の中が、一部分、見えた。うすぐらい通路には、揺籠《イオナア》が吊るしてあって、きれにくるまった赤ん坊が、中に寝かしてあるようだったが、よく見えなかった。そのそばに一人の老婆がうずくまって、揺籠《イオナア》をゆすっていた。老婆は古風な螺髻《いぼじりまき》に、庭の仏桑華と色をきそうような、真赤な造花の花簪《ホエサム》をさしていた。

私は眼をみはった。老婆にしては実に派手な恰好で、何か幻怪な感じさえ与えるからだ。若い女には、かえって見られない風俗だったし、ほかの土地では見かけたことのないものだったからだ。古都台南でも見たことのない、清《しん》朝以来の古風俗を、偶然、この田舎の町に見出して、私はしばらく眼をひきつけられていた。

私はサイダーの代金のほかに、五十銭玉をひとつ勘定台の上に、おいた。

「いろいろ教えてくれてありがとう。きみにあげるよ」

その金で、どこか近くにあるはずの廟の祭りの日に、大きな色ガラスのはまった鍍金《めっき》の指輪《ゆびはめ》を、露店で買うことができるかも知れぬと、私は考えたのだ。

第三章　黒い喪服

大耳降街の公学校は、中心地からは、ちょっと離れたところにあった。氷屋を出ると、学校の終業時刻までには、まだかなり間があると思ったから、私はそのほうへぶらぶら歩いて行った。停仔脚《アーケード》でつながる家並みが消えるあたりから、道路は悪くなり、穴埋めに敷いた小石が、ごろごろと散らばって、ところどころに水牛の糞のかたまっているのが、眼についた。

公学校は丁字路の角にあって、私の来た道は、そのすこし先から緩《ゆる》いのぼりになり、四、五十メートルむこうで曲って、見えなくなっていた。学校の角からはじまる道は、痩せた様仔《マンゴ》の並木でふちどられ、遠くに見える森の口まで、まっすぐに続いていた。この道の先のほうで、この年の六月に、坂西警部補が殺されたのである。

学校の門は、幅のせまい埤圳《ひしゅう》（灌漑用の溝川）で仕切られた角にあった。そこをはいると、眼の前におもしろい形の建物が立っていた。

六角形の赤煉瓦建てだが、日中、強い日に照りつけられ、夕方になると必ず一度、さらっとした驟雨に見舞われる夏の季節を過ぎた頃の煉瓦の色は、ふしぎに美しい。この六角堂には四方に、張出しのついた入口がついていて、見た眼に安定感があった。

これは教員室で、この学校ではいちばん立派な建物だった。そのうしろに、屋根のある通路でつながった、背の低い校舎が、H字形に伸びており、校庭はかなり広くとってあるようだった。

教員室は天井が高く、吹きぬけになっていて、見るからに涼しそうだったが、実際にはそれほどでもなかった。品木先生は授業中だというので、私は待つことにし、校庭をぶらついた。

六角堂のすぐうしろには、円形の土壇があり、竜眼の木がうわっていた。樹々は枝を張り合って、かなり広い土壇の上をいちめんに蔽い、ちょっとした林のように見えた。見あげると、どの木にも竜眼がいっぱい、ついていた。

遠くで、蟬が鳴くように声をそろえ、本を読んでいるのが聞こえた。私はずっと校庭のはずれまで行ってみた。いくつもある細長い校舎は、時をへだてて建て増しされたと見え、六角堂なみに、まだ煉瓦が明るい色をして、きっちりした稜角を保っているのもあれば、軒が傾き雑草に埋れているのもあった。

古い校舎の軒下を歩いていると、柱時計のような音を立てて、古ピアノを叩いているのが聞こえた。女の先生でも手すさびにやっていたのか、曲はバイエルの何冊目かにある「エリゼのために」だが、授業の邪魔になるほど響きのある音ではなかった。

六角堂へ引き返して待つと、間もなく鐘が鳴って、品のよい顔だちの若い男が、不審そうに、私の前にすがたをあらわした。

「ぼくに、ご用だそうですが」

「品木渡さんですね。新聞社の者ですが、例の中毒事件のことで、ちょっと、うかがいたいことがあるんです」

私は台湾新報社会部という肩書を刷った名刺を出して、品木に渡した。品木は名刺を見、私の顔を見て、あきらめたように、うなずいた。

「ぼくのクラスは、いまの時間で、おわりました」

「では、帰りますか。歩きながら話してもいいんですが」

私は品木が、かれの机の上の片づけを終えるのを待ち、いっしょに六角堂を出た。日はまだ高かったが、ひるごろ私が汗を垂らしながら歩いた広い耕地のほうへ、だいぶ傾いていた。私達はごろごろした道を、街の中心地のほうへ帰って行った。

「台南から、おいでになったんですか」

歩きながら、品木が私にきいた。

「台南の支局の者ですが、今日は台北から来たんです。しばらく、むこうへ行ってたもんでね。品木さんも台北は、よくご存じでしょう」

「いいえ。ぼくはちょっとしか、いませんでしたから」

品木は無口なたちらしく、私達はいくらも言葉をかわさないうちに、例の氷屋のちかくの町角まで、来てしまった。

「氷屋へでも寄りますか」

「ええ――」

だが、品木はあまり気がすすまないようすだった。

「実は、あの事件の特集をやることになってね、関係者に一人ずつあたって、状況をまとめたいと思ってるんですが、できれば事件当日の、あなたの所持品も見せていただきたいんです」

品木は迷惑そうに顔を曇らせたが、それでも気持よく、うなずいて、いった。

「では、よろしかったら、ぼくの部屋へいらしってください。きたないところですが」

品木渡は表通りの茶舗の、停仔脚《アーケード》の上に張りだした二階の部屋を借りて、住んでいた。手垢で光っている階段の手摺。家具つきで借りたとみえ、粗末な眠床《ねだい》のほかに、卓《つくえ》、櫃、帖案《ながづくえ》、鼓椅《こしかけ》など、ひととおりそろってはいるが、どれもこれも品《ひん》わるくぴかぴかして、ひどい古物を安直に塗りなおしたのがわかる。

街外には公吏や教員のための、畳敷きの寮も建っているのに、わざわざこんな場所を探して住む品木の性癖には、神経質な支配階級に、白い眼をむけさせるようなものがあるのだ。

私は鼓椅にこしかけ、妙に黒ずんでてらてらした部屋の中を、見まわした。包種茶のにおいが低い天井にまで、しみこんでいるようで、何か人を落ちつかせない空気が、ただよっていた。日中しめきってあった部屋の暑気が、急には逃げて行かないせいかも知れなかった。大きな蜘蠍《わんかじり》が一四、ひるまから床の上を、眠床《ねだい》のほうに這って行くのを見つけた。こんなところに、よく住んでいられるものだと、私はあきれて、思った。

品木はそんなことには無神経に、眠床のうしろでゴソゴソやっていたが、やがて一冊の大学ノートの上に、黒革のシースを載せて持って来た。その二品が事件当時、品木の携行していた物であることは、馮《ひょう》巡査部長から聞いて、もう知っていた。

私はまず、シースを取りあげて、あけてみた。中には万年筆が二本さしてあった。私は一本ずつ抜きだして、しらべた。

「これは、まちがいなく当時のものですか」

「そうです」

「このほかに、スポイトが一本、さしてあったそうですが……」

「ええ。あれは必要がないので、捨ててしまいました」

「しかし、当時としても、必要はなかったんじゃないですか。この万年筆は二本とも、自動吸引式ですからね。スポイトは万年筆にインキを入れるための道具でしょう」

「ええ。前に一本、自動式でないのを持っていたんです。その万年筆がこわれてからも、何かの役に立つかと思って、スポイトだけ、とっておいたのです。しばらくね」

「なるほど。だが、捨てたのは惜しいじゃないですか。実際、役に立ったかも知れませんからね」

私はシースをおいて、大学ノートをとりあげた。万年筆のシースに大学ノート。いかにも学生らしい携行品だった。学校を出ると、とたんに学生時代の習慣を切り捨ててしまう者もいるし、なおかなりの期間、それを守っている者もある。品木は後者のほうらしかった。

ノートには、まだいくらも書き込みがなかった。ぱらぱらとめくると空白が多く、買ってからそれほど日がたっていないと見え、乳くさい紙のにおいがした。詩のようなものが、いくつか書いてあるだけだったが、私はそのひとつを、小さな声で読んでみた。

「この田園に埋没する、ささやかな煉瓦の街は私を魅惑する。
竜眼の林のある公学校の庭、様仔《マンゴ》の並木、木瓜《パパイヤ》の実を垂らす医生の土墻《かきね》。
黄金《きん》の眼の黒山羊の、厄鬼のついた歩みぶり。
銭ほどの水蛙《ツイコエ》を釣る児輩《こども》。
夜、家の壁にとりついて、檳榔樹の梢の月に啼《な》く蟮虫《やもり》……」

私がいましがた歩いてみたあたりの風物詩なのだろう。

「品木さんは詩を書いていらっしゃる……」

「いいえ、それはまだ詩なんてものじゃ、ありませんよ」

品木はあわてたように笑いながら、いった。

「台北にいたことがあるなら、杉江杏楼さんなんか、ご存じじゃないですか。かれはいま芸術映画社の創立で、たいへんですよ」

私はノートをおいて、隔意なく、いった。

「お名前は聞いてますが、お会いしたことはありません。あのグループには、はいってみたかったんですが、紹介者がなくて……」

品木はひどく内気な青年のようだった。

「そうですか。なんなら、ご紹介してもいいですよ。それなら、大稲埕の応さんのやっている文芸雑誌も、もちろん、ご存じでしょうね。水野という男が編集してる……」

「ええ、知ってます」

「あなたも投稿したことがありますか」

「ええ、まあ……」

品木はちらりと照れくさそうな微笑を浮かべて、はっきりした返事はしなかったが、そんな話題で、すこし打ちとけた気分には、なったようだった。

「ときに、品木さんは、あの氷屋へ、よく出かけるんですか」

「ときどき、行きます。特に夏休み中は、よく行きました」

「このあたりの人は、みな、あそこへ冷たい物を飲みに行くんですか」

「ええ。勤め人か、若い者だけでしょうが。ほかには反対側の角に、食堂が一軒あるきりですから」

「ああ。あの食堂は食べられますか」

「ええ、けっこう……」

「あなたはここで自炊してるんですか」

「ええ……」

「この町へ来てから、もう、どのくらいになるんです」

「二月以上になります」

「すると、もうだいぶ、顔なじみができてるでしょうね。あの日、氷屋にいた連中は、どうですか」

「みな、顔ぐらいは知ってますが、ほとんど口をきいたことはありません」

「坂西警部補夫人とは、あの事件を介して、知合いになったのですか」

「ええ、まあ……」

「台湾へ渡って来られたのは、いつですか」

「今年の四月です」

「それから、ここへ来るまで、どこにおいででした」

「一月ほど台北にいてから、台南に移り、七月はじめまで、そこにいました」

「何故、台南へ移られたんです」

「台南の中学に、教師の口がきまっていたからなんです」

「その予定を変更して、ここの公学校へ赴任されたのには、何か理由があるんでしょうね。立ち入ったことをきいて失礼ですが」

「いいえ。気まぐれなんです、ただの……」

「気まぐれにしても、何か、きっかけがあったはずですね」

品木はふいに黙りこんでしまった。が、私は倦きずに、かれの顔をみつめたまま、返事を待った。とうとう、品木は根負けしたように、いいだした。

「理由は、ぼくにも、はっきりわかりません。ふいに、この町へ来たくなったんです」

私はおどろいて、ふしぎなことをいう青年の顔をみつめた。その凝視がよけい、かれをまごつかせたらしい。

「たぶん、坂西さんが殺されたからかも知れません。そのことを台南の新聞で読んでから、急に落ちつけなくなったんです」

まるで無意識的に口走ったように、品木はそれをいったが、私の好奇心を引きつけるには充分だった。

「すると、あなたは坂西氏を、前からご存じだったんですか」

「ええ。でも、たった一日、台南で会っただけなんです。それも偶然――」

「その日のことを、もうすこし詳しく、話してくれませんかね」

品木はちょっと考えこんでから、思い切ったように、話しだした。

「大学を卒業したら、どこか植民地で働きたいというのが、ぼくの年来の夢だったんです。台南の中学校の口は、伝手《つて》があって、卒業前から、だいたいきまっていました。ぼくは相当ないきごみだったので、約束した期日より、一月も前に渡台して来たんです。で、土地に慣れるために、しばらく台北にとどまって、図書館にかよい、台湾のことをしらべたりしていました」

「台北には、知合いの家でもあるんですか」

「ええ、遠い親戚が、東門のちかくに住んでるんです。もちろん、はじめて会った人達ですが、その家に一月ほど厄介になりました」

「それから台南へ来たのは、一応、中学へ就職するためだったんですね」

「そうでしょう」

品木は自分のことなのに、たよりない返事をした。

「ぼくは台北の町を歩き、総督府のそばの図書館で台湾のことをしらべているうちに、だんだん自信がなくなって来ました。内地にいる時は台湾のことを知る機会がなかったし、大部分の日本人と同様に、五十年も前に属領になった土地のことを、別に気にしたこともなかったんです。ところが……」

「ところが」

「来てみると、自信がなくなりました。この土地の少年達に、何を教えることができるかと考えだしたんです」

「あなたは台湾の現状が、不当なものだと思うんですか」

「いいえ、そうじゃありません。だが、無気味なんです、この雑居生活が。都会や大企業の生産地に住んで、もう三代ぐらいになる内地人、最大多数の本島人、雲にとどく山の上の蕃界にいる原住民」

「この状態を、ひとつの歴史的事実だと見ることはできませんか」

「そう考えたところで、その歴史に意義をみとめられなければ、なんのタシにもなりませんよ。また、意義をみとめろといわれても、こまるんです。歴史は統治者の旗じるしで、技術的な幸福とひきかえに、それをみとめろと、いっているのに過ぎないんじゃないですか。統治者がかわれば、三文のネウチもなくなってしまうでしょう。この島はオランダ人に要衝をにぎられていたこともあるし、鄭成功父子が二代にわたって治めたし、清国の領土だったこともあります。もう、そんなことは何度も味わっているんですよ」
「だが、すくなくとも、あなたのいう技術的な幸福を、この島の人は現在、味わっているると思いますか」

「ロダンじゃないけれど、何よりも大切なのは生きることなんです。そのためには一応、どんな条件も受けいれるでしょう。民衆は先祖が大陸から持って来た香火を、現在まもっていられるのだから、不幸ともいえないと思いますね。ただ、ここへ来てからぼくは、歴史の現実というものを、見せつけられた気がするんです。国家というもののカタチも、前には想像もつかなかったほど、飛躍した意味を持って見えるようになったんです」

私はちょっと品木の考えに、ついて行けなくなり、眉をひそめた。

「国家的意志を、露骨に感じさせられたことがあるんですか」

「むしろ、その意志のむなしさを、感じさせられたんです。たとえば総督府は、本島人家屋の正庁《きゃくま》の正面に据えてある中案卓《かざりだい》の上から、先祖の神主《いはい》を追っぱらって、天照皇大神などと書いた安物の掛軸をかけさせるように、しむけましたね」

「それが無意味だというなら、私にもわかりますね。だが、かれらは反抗しない。従順に、いうなりになってますよ」

「もう反抗を忘れてしまってるんです。ぼくはあの従順な人達が好きです。が、同時に無気味なんです。いや憂鬱といったほうが、いいかも知れません。かれらとわれわれをふくめた運命というものを、へんに考えさせられるんです。一時はこの土地に、とてもいたたまれない気持になって、内地へ帰ろうかと思ったくらいです」

「それは、台南にいたころですか」

「そうです。ぼくはそういうメランコリーを抱《かか》えて、一応、台南へ行き、学校当局へも顔を出したんですが、どうにも腰を落ちつける気に、なれなかったんです。あるいは思想的な原因より、単なるホームシックというものなのかも、知れませんがね」

「そのころ、台南で坂西警部補に会って、そのことが何か、あなたを台湾にとどまらせる助けになったと、考えていいんですか」

「ええ、まあ……」

「そんなメランコリックな状態におちいっていたあなたに、勇気を与えるような、よほどの影響を、坂西氏から受けたんですか」

「いいえ。そういうことじゃないんです。だけど、ぼくは坂西氏と会って、はじめて台湾で生活している内地人を見たような気が、したんです。でも、かれの生き方に感動したというようなのとは違います。ただ、ぼくは坂西さんの生き方に、ひどく好奇心を惹かれたんです。好奇心なんてものが、案外、人間を活かす原動力になるなんてことを、考えてみたことがありますか」

私は苦笑しながら、うなずいた。考えてみたことはないが、私もそれを体得している一人らしいからだ。だが、すくなくとも、偉大な生きかたとはいえないと思った。

「坂西氏のどんな点に好奇心を惹かれたんですか」

「別に、とりたてていうようなことじゃ、ないかも知れません」

品木は、ふと、喋りすぎたと感じたらしく、あいまいにいった。

「坂西さんが、本島人と結婚していたからかも知れません」

「どんなきっかけで坂西氏と会ったんです」

「それが、ほんの偶然なんです。ちょうど、ふさぎの虫が脳細胞を食いつくしてしまったような、いちばんひどい状態の時に、ぼくはとても下宿にいたたまれないで、毎日ふらふら台南市の内外を歩いていたんですが、ある日、赤崁楼《せきかんろう》に行ってみました――」

品木が話しかけた時、階下の茶舗の牽手《かみさん》が茶盤《テエボア》を持って、階段をあがって来た。品木は、牽手がそれをおいて、私に愛想笑いを見せながら降りて行ってしまうまで、話題をそらしていた。

て行った。

「赤崁楼はご存じのように、オランダ人の建てたプロヴィンシア（又はプロヴィデンチャ）城の一部で、当時は書庫だったという話ですね——」と、何気ない話に、持って行った。

「そこだけが戦火に残ったのですが、鄭成功はたいへん気に入って、居城にしていたんですってね。赤崁《チアカム》というのは、台南の古名なんだそうです。あそこにある井戸は、安平《アンピン》のゼエランジア城趾まで、ぬけているんですってね」

「ほんとだとしたら、相当な長さですね」と、私は笑った。

「だが、台湾の遺跡では十指に数えられる、美しい建物ですな。名所案内で読んだんだが『朝曦夕照、虹の吐くが如く、霞の蒸すが如し』なんて、昔から褒めて書かれてたんですね」

「美しいけれど、さびしいですね」

品木は、牽手の頭が階段の下にかくれて行くのを、見送りながら、いった。

「民族とか国家の運命なんてものを、あの楼上に立って、ぼくはしみじみ考えさせられてしまい、よけい憂鬱になって降りて来たんです。自分が現実に存在してることさえ、疑わしくなってしまったんです」

「若い時には、よくあることですよ」

「久我さんにも、そんな経験がありますか」

「ないとは、いえませんね。私はそんな時に、酒を飲むことをおぼえたんですよ」

「いや、ぼくもその時、酒でも飲んだらと思って――実は飲めないんですが――旭町というところへ行ってみました。そこで大耳降から来た坂西さんと相客になり、知合ったんです。ぜひ一度、家内に会いに来てくれ、と、坂西さんはいいました。ひどく、おくさん自慢で、酔ったまぎれともいいきれない真剣な調子で、おくさんの美しさをさかんに吹聴しましたよ。そのうち、おくさんが本島人だとわかると、ぼくは何故か、ひどくおどろいたんです」

「本島人の細君を、そんなに誇りにすることがですか」

「坂西さんが大げさに酌婦に人払いを命じたりして、おくさんと知合ったころの打あけ話なぞするものですから、ぼくはどんなに美しい人かと思ったんです。ところが、それから数日後に、坂西さんが殺されたという記事を、台南新報で読みました。忘れもしません。六月七日の夕刊でした」

品木はあかくなって、うつむいた。その顔を私はのぞきこむようにして、きいた。

「すると――突っこんだことを、きいて失礼なんだが――坂西さんの急死で、美しい未亡人があとに残されたということと、あなたが大耳降に来る決心をした理由とのあいだに、関係があると考えていいんですか」

「否定はしません。それほど深い気持はなかったと思うんです――見たこともない人のことですから――だが、自分にもわかりません。そのころさっきの公学校で教師を求めていると聞いて、ふいにこの町で就職する気になったんです。おわかりになるかどうか知りませんが、ぼくにはまるで救われたような感じでした」

「その気持はわかるが、わからないのは、氷屋の事件がはじまるまで、あなたが坂西夫人と口もきかなかったということですね。あなたがここへ来てから、事件が起るまでに、一ヵ月以上もたっていたでしょう。坂西氏の生前の知合いだといって、名乗り出ることもしなかったんですか。それとも坂西夫人には、あなたが期待したような魅力が、なかったんですか」

「夫人は想像していたより、美しい人でした。が、自己紹介なんて、できるたちじゃないんです、ぼくは。今度の事件で同席する機会がありましたが、ぼくはまだ夫人と、ろくに口もきいていません」

私はほとんど感嘆のつぶやきを洩らした。それから、やっと腰をあげた。

「どうも、思いがけず長くお邪魔しちゃって――ところで、事件の目撃者としてのあなたに、うかがいたいんだが、あのとき、あなたは何か、かわったことに気づきませんでしたかね」

「いいえ……」

品木はちょっと考えてから、女のようにやさしい顔を、左右に振った。


蜘蛛《わんかじり》のすんでいる階段を降りて、においのする茶舗を出ると、そろそろ腹はすいて来たし、これからどうしようかと思った。足はしぜんに氷屋のある四辻のほうへ、むいていた。私はそこにある食堂に、はいってみた。本島人の店だが、台南の町にある、狭くてこぎれいな軽食堂といった店と、同じような感じだった。明るい色のブラウスを着たインテリらしい娘が、きれいな献立表を持って来た。

ランチというのを注文すると、豚肉と脚白筍《カアペエスヌ》をシナ風の餡かけにしたのと、トマト・ライスが運ばれた。どちらも白無地の楕円形の皿に盛ってあった。まずくはなく、値段も安かった。安直で品がわるくなく、さしさわりのない現代文化というものの伝《でん》播力《ぱりょく》を知らされた思いで、私は多少の満足と多少の白けた気持を持たされて、そこを出た。

その足で警察署に寄ると、署長はいなかったが、馮巡査部長は、まだ残っていた。私はかれに、とってもらっておいた、その夜の宿舎の場所をきいた。私のボストンバッグは、もうそこへ届けてあるし、だれかに案内させると、いってくれたが、私はことわった。まだ、いくらなんでも寝るには早かった。といって、もうすっかり薄暗くなっていたから、そこらを見物するわけにも、いかなかった。

「坂西氏の家は街《がい》の外れにあると聞いたが、警察の寮とは、ちがうんでしょうね」

私は馮にきいてみた。

「ちがいます。方角もまるで別です。坂西警部補どのの家は小学校のずっと、うしろのほうで、警部補どのが殺された場所の、ちかくです。夫人が前からそこに住んでいたので、警部補どのは結婚後、警察の寮から、そこへ移ったのです。ちょっと大きな本島家屋ですよ」

「すると、坂西氏は夫人の家族——本島名は何といいましたかな——といっしょに、暮らしていたんですか」

「坂西ユリ夫人の本島名は、応氏珊希です——が、家族はおりません。前からといっても、前のご主人がなくなられたあとで、大耳降へ来られたんですから、坂西警部補どのと結婚するために、あの家、買われたのかも知れませんね」

「その前は、どこにいたんです」

「安平《アンピン》のそばの、青厝《チェンツウ》というところから、越して来たんです。警部補どのとも、そこで知合いになったのです」

「どんなきっかけで知合いになったか、わかっていますか」

「坂西警部補どのは、ここの警察へ赴任して来た当時、休暇とって青厝へ行かれた。何故そこへ行かれたのか知りませんが、そこに夫人と前夫《ぜんぷ》が住んでいた。もちろん前夫がまだ生きていたころのことです。夫人の話では、警部補どのと夫人の前夫は、内地の中学校で同級生だったそうで、偶然あの海岸で出っくわして、おどろいたというわけです」

「その前夫はどんな人です。どうして夫人と別れたんですか」

「州庁の嘱託をしていた生物学者で、中村満《みつる》と称してましたが、沖縄生れで、本名は仲村鰊満《なかむらかれまん》といいました」

馮はまた綴込《とじこ》みを繰って、その名を探し出した。おそらく暗記してはいたが、正確を期したというところだろう。かれは綴込みから眼をはなさずに、続けた。

「十二年九月――そうです、一昨年《おととし》です。坂西警部補どのが、ここに赴任して来られたのも、その頃でしたから。ワタシはもっと前から、ここに勤めています――中村氏は水難で亡くなったです」

「水難で？　青厝《チェンツウ》というところでですか」

「ちがいます。警部補どのも夫人も、その頃まだ青厝にいたのですが、中村氏は学術調査のために清水頭《せいすいとう》方面に出張して、海岸のちかくにある島へ渡る途中、あらしで遭難したらしいです。死体はその近くの海岸へ漂着しました。死体が発見されたのは九月三日です」

「清水頭というのは、どの辺ですか」

「鳳山《ほうざん》と屛東《へいとう》の中間にある、岩礁の多い海岸で、波の荒いところです」

「それじゃ、安平のそばの青厝とは、ずいぶん離れてますね。思いだしましたよ――青厝というのは台南の人が、海水浴に行くところでしたね」

「ちかごろは、行くようになりましたね。別荘もできました。あそこは遠浅なので――」

「坂西氏も海水浴に行ったのかな」

「そうかも知れません。中村夫妻は、中村氏の実地調査の関係で、一時そこに住んでいたです。本宅は台南にあったはずですが、ほとんど他所《よそ》で暮らしていたようです」

「中村氏は何を調査していたんですか」

「さあ、学問的なことは、よくわかりません」

「中村氏が事故死だということは、まちがいないんですか」

「まちがいないようです」

「中村氏の死後まもなく、坂西警部補は旧友の残して行った細君と、結婚したわけですね」

「無理ないですよ」

　馮はきらりと単眼を光らせながら、ほほえんだ。

「夫人は、一人でおいとくには美人すぎるです」

「そんなに、きれいな人なんですか」

「久我さんも、はやく会ってごらんになると、いいですよ。応家は清《しん》朝の名門の出なのです。オランダの血も混っていると、いわれてます。ほんとうかどうか知りません。みんな、あの人の美貌から来ている、ウワサかもわかりませんね」


　私は警察を出ると、寝るには早いが、ほかにすることもないので、坂西家を訪ねてみることにした。はじめて女世帯を訪ねるには、恰好の時間とはいえないが、仕方がなかった。私は様仔の並木道を、教えられた方角にたどって行った。

　警察署長は私に置き手紙を残して行った。――どうしても、はずせない宴会があって、これから台南へ出かけなくてはならない。おもてなしできなくて残念だ。次長以下、自分のかわりをつとめられるような、気のきいた部下もいないので、今夜はわざと田舎町の夜の無聊《ぶりょう》を味わっていただく。もしご滞在が延びるようならば、明日は貴下のために、歓迎の小宴をひらかせてもらいたい――と、手紙はなかなか巧く書いてあった。

が、灼熱の日の下に、ヘルメットをかぶって、ふいにあらわれた私という存在は、かれには迷惑だったろうし、私も実は、そっとしておいてもらいたかった。宴会などはご免こうむりたいのだ。田舎町の夜の無聊を味わわしてもらうほうが、ほんとうは親切なのだ。

自分ではひどく老獪なつもりの、あの肥った署長の顔を、暗い路上に描いて私は微笑した。日がすっかり暮れて、細っこい並木の影はもう見分けにくくなり、水牛車のつけた轍《わだち》のあとで、足もとはあぶなかった。どこまでも道に沿って通っている埤圳《ひしゅう》の上にだけ、空あかりがひとすじ、ぼんやりと残っていた。

私はすぐ署長のことを忘れた。そして、いつの間にか胸の底に熱いものがたまり、これから何か楽しいことでもしに行くように、心がおどっているのを感じると、はっとした。私は熱心に坂西夫人のことを考えていたのだ。品木も馮も、共に冷静な人物といえるようだが、坂西夫人の話をする時は、かならずしもそうではなかったようだ。

そして、まだ会ったこともない私までが、何か熱っぽいものを感じていたではないか。が、私は別に辱かしいとは思わなかった。美しい女のことを考える時、男はだれでもそうなるのが当然だからである。

教えられた道の角の家は、たやすく見分けられた。私は門をくぐり、暗い庭を歩いて、あかりのさしている正庁《きゃくま》の木扉の前にたたずみ、声をかけた。二、三度、声をかけて、やっと出て来た小婢《こおんな》に来意をいうと、ちょっと待たされてから、中に入れてくれた。

正庁には立派な紫檀《したん》の椅子や卓がおいてあった。が、電灯が暗いので、部屋の立派さをたしかめるわけには行かなかった。中案卓《かざりだい》の上には神主《いはい》も神像もおいてなかったが、そのかわり、強制される掛軸もかけてなかった。

私は大きな紫檀の卓の隅にヘルメットをおいて、椅子にかけた。かくしから、レッドジャスミンの箱を出したが、卓上に灰皿がないのを見ると、またそれをしまった。するると、足音が聞こえて、中案卓のわきの戸口から、その人が出て来た。

本島女性には珍しい豊満なからだを、まっくろな裾のながい長衫《ツンサア》で、ぴったりつつんだ、かなり上背のある美人だった。うすく化粧して来たらしい顔が、暗い電灯の下で、おどろくほど美しかった。ひたいが広く、あごが張って、眼鼻だちのはっきりした顔に、二人の夫を持った女にしては、あどけない表情が浮かんでいた。

「お待たせしました。どんなご用ですか」

応氏珊希は、きれいな日本語でいった。

「こんなに遅くうかがって、申しわけないんですが、明朝、台南へ帰る予定なもんで」

「いいえ、かまいませんわ。新聞社の方ですって」

「ええ。中毒事件のことを、しらべさせられてるんです。それで、あなたにも、ぜひお会いしたかったんです。品木くんとは、もう会って来ました」

「あの方とお知合い……」

「いや。はじめてお会いしたんです。かれも、ここへ訪ねて来ますか」

「いいえ。お誘いしても、お見えになったこと、ありませんわ。あの方とても、はにかみやさんらしいのね」

「鄭用器や黄利財というような人達は、どうです。毎日のように遊びに来ていたんですか」

「ええ。あたくし、にぎやかなほうが好きなんです。鄭さんは勤めの関係で、坂西の存命中から遊びに来てました。黄さんは鄭さんが連れて来たんだと思います」

「ほかにお宅の――へんな言葉だが――常連といえるような人が、いますか」

「いいえ。あたくし、ここではあまり、おつきあいが広くありませんの」

「では、坂西さんの同僚だった人では……巡査部長の馮さんなんか、来ますか」

「あの人は前から、あまり見えませんでした。この頃でも、職務尋問で来る以外には」

不愉快そうなくもりが、珊希の顔に浮かんだのを、私は見のがさなかった。

「おくさんは、たいへんおきれいな方だが、その、着ている物は喪服なんですか」

珊希は小婢が運んで来た茶盤《テエボア》の上の急須を取るために、ちかづけた顔を、私の讃辞をはじらうように、いそいで引っこめたが、それはかえって一種の媚態《びたい》のように見えた。珊希ほどの美人が、自分の美しさを意識しないわけはなかったからだ。

「坂西がなくなった時から、ずっと黒いものを着ています。これでも、喪に服してるつもりなんですわ」

「台湾はたいへん旧慣をまもる風習のあるところですが、実際に三年喪に服するということを、するんですか」

「しますわね……」

「こんなことをいうのは失礼かも知れないが、私の印象では、おくさんはもっと現代的な物の考えかたを、する人じゃありませんか。現に最初のご主人が、なくなってから間もなく、坂西さんと、ごいっしょになられた。三年喪に服するというのとは、ちょっと精神が違うように思いますがね」

「新聞社の方って、みんな、そんなふうに意地わるですの。実際をいうと、あたくし今度はとても、こたえたんですわ。二度も夫を失うような目にあったんですもの」

「それで、二人分の喪に服してるってわけですか」

「まあ、ひどい」と、いって、珊希は笑った。私の毒舌を気にしても、いないようすだった。

「最初のご主人は、事故でなくなったそうですが、ほんとうですか」

「ええ。何故ですの」

「二度目のご主人、坂西さんの場合が、殺人だからですよ」

「私の夫になる人が、いつも、そんな目にあうとは限りませんわ」

「坂西さんの事件は迷宮入りになっているが、おくさんには全然、犯人の心あたりがないのですか」

「ありません。坂西のような警察官は民衆に、にくまれがちなものですが、あの人は職務上でも、他人の恨みを買うようなことは、してなかったはずですわ」

「しかし、犯人はもっと個人的な動機を持ってたかも知れませんよ」

「どんな……」

「坂西さんは、あんまりきれいすぎる、おくさんを持ってましたからね」

「いやですわ」

夫人は私の攻撃をさけるように、花包種茶の茶碗を両手に持って、椅子の背に身を引いた。その右手にはめた指輪が、暗い電灯の下で、ちかりと神秘的な光を投げた。

「お茶をどうぞ」

「ありがとう」

私は茶碗をとりあげ、ジャスミンの花びらの混ぜてある包種茶を、すすった。茶の芳香が、まるで眼の前にいる女主人の体臭を、茶碗の中にこめたような、錯覚を呼びおこしたので、私は思わず彼女をみつめた。

「きれいな指輪ですね、おくさん。喪服も、よくお似合いになるが、いつまでも着ていることには賛成しませんね。はじめの時のように、感傷なぞ、すぐ振りきってしまうほうが、あなたらしいじゃありませんか」

「あたくし、そんな女に見えますか」

「いや、非難してるんじゃありません。心からの忠告のつもりなんです、これでも。

不幸を、美しい人のアクセサリーに、したくないからですよ。ところで、おくさんはいつも、いまのように、右手の中指に指輪をしていらっしゃるんですか」

「ええ、そうよ。これが、あなたのご忠告へのお答えになるわ。ご親切は感謝しますけど、結婚はもうこりごりですわ」

「女の人が、右手の中指に指輪をはめるのは、結婚の意志がないのを、しめすことになるんですか。それは中国の風習なんですか」

「そうじゃないでしょう。あたくし女学校で、内地人の先生に教えていただいたんですから」

「それでは、西洋の習慣ですね」

私は苦笑した。

「すると、坂西さんがなくなって以来、あなたは、その指に指輪をしているんですね」

「ええ……」

「中毒事件の日、氷屋へ行った時も、そうでしたか」

「もちろんですわ」

「ところで、あなたはあの時、あの場所で、何か変ったことに、気がつきませんでしたか」

「別になにも……」

目撃者にそれを期待するのは、無理かも知れなかった。私は夫人に、当時の所持品を見せてもらうつもりもなかった。警察は彼女の化粧品まで押収して、分析試験をおこなったというし、馮巡査部長は有能な捜査官だから、直接、事件に結びつくものを、見のがしたはずはない。私の仕事は一見、結びつかないものを、結びつけるところにある。

私の視線はまた、夫人の美しい手を追った。

「きれいな指輪ですね。誕生石ですか」

「ええ……」

「ちょっと、拝見できますか」

「ええ、どうぞ……」

珊希は白い指をからみ合わせ、指輪をはずした。

「これは何という石ですか、大きな物ですね」

「土耳古《トルコ》石ですわ」

「ほう、実に見事だ」

私は渡された指輪を感嘆してながめた。なるほど――氷屋の少女がいったように――夕暮の空の色をしていた。この宝石を見たあとでは、いくらあの年頃の少女でも、露店の指はめを買う気にはなるまいと、私は私の早まった同情を後悔した。

「しかし、惜しいですね」

「何がですの」

「いや……もし、結婚の意志が動いた時には、この指輪のあつかいは、どうなるのですか」

「左手に、はめますわ。でも、そんなことないでしょうけど」

「そうですかね……こんな大きな石は、非常に高価なものなんでしょうね。細工もいいし……」

私はうわの空でいいながら、指輪をひねくりまわし、縦横からながめた。

「そんなに、お気に召したの。それとも、その指輪に、へんなところでもありますの」

珊希は笑いを殺したような声で、きいた。

「いや――ルクレチア・ボルジアでしたかね、特殊な装置をほどこした指輪に毒をしこんで、多勢の男を殺したというのは」

「その指輪に、そんな仕掛がございまして」

大きな土耳古石が、きんの王冠の中に、きっちりとはまって動かない指輪を、私はうやうやしく夫人に返した。

「お茶はいかがですか。それとも、ウイスキーぐらいなら、ございますけど」

「ええ、ありがとう。私は酒を飲みませんから。そういえば、鄭用器は酒好きでしたか」

「いいえ。どっちかといえば、甘党のほうでしたね。竜眼蜜《りゅうがんみつ》入りの紅茶が、お好きでしたわ」

「それを、鄭はここへ来て、よく飲んだのですか」

「ええ——ここでも、さしあげましたし、お宅でもよく飲んでいたようですね」

「竜眼蜜というのは、はじめて聞きましたが、どんな物です。竜眼肉からとったシロップですか」

「蜂蜜ですわ。公学校の前を通って、嘉義《かぎ》のほうへ行く途中の山の中に、竜眼の花で蜜蜂を飼う部落がありますの。種畜場のある近くですわ。黄さんが、よくそこへ行って、買って来てくれましたわ。あの人は商人あがりで、最近でも、ときどきまめに歩きまわって、内職に物資を動かしていたようですわね」

「すると、黄利財ならば、鄭に飲ましたような毒も手に入れられたと、考えていいですか」

「わかりませんわ。でも、あの人なら、できたかも知れません」

「黄には鄭を殺す動機が、あったでしょうか」

「わかりません。でも、あんなに仲がよかったんですもの」

「表面はそうでも、内心では、ふくむところがあったかも知れない。あなたの女性の敏感さで、何か気がつきませんでしたかね」

「あたくし、そういう点、敏感じゃないのかも知れませんね。やはり、わかりませんわ」

「警察には、こういうことを、もうお話しなさったでしょうね」

「聞かれたことだけは、お答えしましたわ」

私は腕時計を見て、職務的な質問をうちきった。

「そろそろ、おいとましますが、おくさんは台南のお生れですか」

「ええ……」

「私の住まいの近くにも、あなたと同姓の旧家がありますけど。新公園のすぐそばです」

「たぶん、あたくしの家でしょう。あそこには母が住んでおりますから」

「ご家族は……」

「母が、兄の小さい娘といっしょに暮らしております。あとは召使いばかりです」

「ほう。お兄さんは」

「あによめが死んでから、勉強をしなおすといって、厦門《アモイ》の大学に行っております」

「あなたは何故、実家へお帰りにならないのですか」

「母が旧弊《きゅうへい》な人なので、気があわないんです。あたくし、つまり不良だったのね。ずっと家に帰りません」

「すると、台北の大稲埕《だいとうてい》で、書店をやっている応さんとも、お知合いのはずですね」

「よく、ご存じね。一族ですわ」

夫人は指輪の土耳古石の上を、左手の人差指で、そっとなぞりながら、いたずらそうに微笑した。彼女を妙に初々《ういうい》しく見せる動作だった。

「あたくし、はじめ大稲埕の応のところへ、お嫁に行くはずだったんです。あの人、ご存じなんでしょう」

「ええ知ってます。上品で堅実な好青年じゃありませんか」

「石頭よ、あの人。それに同族結婚なんて、わるい習慣ですわ」

この人が、大稲埕の一流商家にとつぐことを嫌って、沖縄人の生物学者や、内地人の警察官と結婚した理由は、わからないこともないような気がした。やはり、彼女は波瀾の多い一生を送るような性質に、うまれついているのかも知れなかった。からだのなかで、火が燃えているのだ。

小婢が切って来た木瓜《パパイヤ》の盤《ぼん》を受けとって、夫人は私にすすめた。

「ほんとに田舎っぽい物で、おはずかしいんですけど、よろしかったら。ここの庭に成《な》ったものですわ。よく熟してるはずですけど」

私はそれをひと切れ、ごちそうになってから、宿舎へ寝に帰った。木瓜《ボックエ》はあまく熟していた。が、その芳香にも、私は口いっぱいに応氏珊希の体臭を感じた。私はきっと、どうかしていたのに違いない。

第四章　桃色の家

翌日は早起きするつもりだったが、疲労していたとみえ、警察寮で眼をさましたのは、もう日が高くなってからだった。——この街には旅館というようなものが、まだなかったのだ——寮では、朝飯を一人分、私のために、とっておいてくれたが、ことわった。

顔を洗いに行った時、水道栓のそばに、黴《か》びた合成味噌の小樽がおいてあったのが眼についた。が、合成味噌がきらいだったばかりでなく、起きたとき、ちょっと下腹が痛むような気がしたのだ。ゆうべ応氏の家で食った、木瓜《パパイヤ》のせいかも知れなかった。

私はすぐに寮を出て、警察へ顔を出した。署長はまだ出勤していなかったが、馮巡査部長の固い顔が眼についたので、宿舎の礼をいった。馮は例の、とまどったような表情の中から、するどい片眼で、私をさぐるように見た。きのう、かれとしばらく話したおかげで、私はこの眼にすぐ焦点を合わせられた。馮は私の予定を知りたがっているのだ。

「ひるごろまでに、台南に帰りたいんですが」

「おいそぎですか。バスは十二時ごろにならないと、台南からやって来ないのです。ここの始発は十二時なんです。が、遅れることもあります」

「いや、別にいそぎません。それで充分です」

私は馮のこまったような顔を見ながら、いった。署長は多分、ゆうべは台南どまりで、警察の乗用車も、そこに釘づけになっているのに違いないが、私にはもともと警察の車を出させる気はなかった。

「では、まだ時間がだいぶありますから、ゆっくりなさってください」

「ええ、ありがとう――ところで、黄利財の足どりはまだ、つかめないんですか」

「まだです――」

「どの方向へ逃げたということも……」

「それも、わかりません――ここから脱けだすには、きのう、あなたがおいでになった駅のある庄《むら》のほうへ出るか、バス道路、台南にむかうか、あるいは山地ぬけて反対の嘉義市のほうへ行くか、それとも安平《アンピン》方面へ出て舟に乗るかなんですが――どうやってこの街、脱出したか、まず、わかりませんね」

「通りがかりのトラックに便乗すれば、かえって足がつきやすいし、バスは無理だが、汽車なら案外、見つからなかったかも知れないな」

「そうです。こんなに行方が知れないと、舟で海上に逃れたとでも、考えたくなりますよ」

「だが、安平まで歩いて行ったのかね」

「それなら、どこかに足あと残してるはずです。この辺は、しらみつぶしに捜索しましたからね。それに舟で逃げたのならば、かえって手がかりが、つかみやすいですよ」

「夜なかに台南まで歩いて、市中にもぐりこんだんじゃないんですか。ひるひなか、私は駅からここまで、六キロばかり歩いたけど、人っこひとり見なかったからね」

「あなたは見なくても、逆に誰かに見られていたかも知れませんよ。砂糖黍の畑の中には、かなり耕作人がいますからね」

　馮の顔に、うす笑いが浮かぶのを見て、私はいった。

「すると、やはり、かれの逃亡を助けた者がある、という説に帰結しますか」

「脱走をたすけた者が、トラックでも用意して来たとすると、手がかり残さずに、容易に逃げのびられたはずですからね」

「それはそうだが、では、だれが黄を助けたのか、しかも留置場を破るというのは、たいへんなことだから、私には可能性がすくないように思えたんだが……」

「たしかに、当方にも手ぬかりあったことは、みとめます。おっしゃるとおり、外から留置場、破ったという痕跡はありません。いや、はっきりそうだと、いいきれるほどのものが、ないです。黄は警戒の手薄さ突いて脱走したとも、考えられないことありません。しかし、それカバーするために、脱走の共犯者など考えだしたのでないことは、理解して頂きたいと思います。ひとりで逃げたにしては、あまり手際がよすぎるし、それに留置場破りの痕跡、疑えば疑えるものはあるです」

馮は顔をこわばらせて、いったが、私はばかばかしくなって来た。馮のいっていることが、でたらめとは思わないが、かれの考えを一方的に利用した署長の、老獪ぶった顔が眼に浮かび、台北で会った安土少佐の、胸に浮かんだ反乱の着想のネタが、どこから出たかがわかると、私はいやになって来たのだ。

「それに、逃亡援助の事実は、おっしゃるように必ずしも非現実的とは、いえません。ご存じないかも知れませんが、老鰻という連中は、信じられないほど義理がたいです。間違った考え方から来ているにしても、かれらは時にひどく他人のために献身的で、義侠心、燃やします」

馮がそれほど責任を持つことはないのに、かれは執拗に捜査方針を、理論づけようとしているようだった。私はかれの律義さに敬意をはらって、笑いながら、いった。

「あなたがたの中には、まだ、大陸から持って来た水滸伝《すいこでん》の精神が、残ってるんじゃありませんか。台湾では親の仇を討つなんて行為が、いまでも、まじめに考えられているらしいですね。最近にも実際そんなことが、あったんじゃありませんか」

「ええ、台北郊外であった事件でしょう。牧場とられて、窮死した父の敵討しようとした……」

「まるで、コルシカ島の復讐《ヴェンデッタ》の話みたいだが、馮さんなんか、どう考えますか」

「このあいだの事件は未遂でしたが、ワタシはいけないと思いますね。敵討だからといって、情状酌量の余地ありません」

私は椅子から立ちあがった。

「さあ、そろそろ出かけますかな」

「まだ、かなり時間ありますよ」

「ええ。ちょっと、そこらをぶらついてから、バスを待ちましょう。この街には、どこか見物するようなところが、ありますか」

馮はちょっと姿勢をなおしてから答えた。

「北白川宮《きたしらかわのみや》殿下の遺跡があります。あの氷屋から、すぐちかくですよ。ご案内しましょうか」

「いや、わかるでしょう。お見送りもけっこうです。署長によろしくお伝えください」

「承知しました。黄利財の潜伏場所も、まもなく判明すると思いますよ。そうながくワタシたちの眼、のがれていることはできません」

「ご成功をいのります」

私は馮次忠に別れて警察署を出ると、商店の並んでいる通りをぶらついて、一軒の時計屋にはいった。色のあおぐろい若い男が、店番をしていた。

「きみのところでは、この一カ月ぐらいのあいだに、土耳古石の指輪の修繕を、たのまれたことはないかね」

「ないですね。土耳古石の指輪なぞ、ちかごろ見たことないね」

若い男は、ほとんど即座に答えた。

「この街には、ほかにも時計や貴金属をあつかう店が、あるかね」

「ないね、わたしとこ、だけです」

私はショーケースの隅に肱《ひじ》をついて、かくしから、レッドジャスミンの箱をとりだした。

「台湾には、むかしから指輪をはめる習慣が、あったのかね」

狭い店の奥にかかっている大きな柱時計に、腕時計を合わせながら私はきいてみた。

「むかしのこと知りませんね。いまは内地の習慣ね。それに従ってるわけね。でも、むかしから、あったでしょうね。手指環《チュウチィコアヌ》という言葉あるから」

「台湾のむかしからの習慣では、女の人はどの指に、指輪をはめるかね」

「さあ……」店員（か、店の若主人か）は、ちょっと寄り眼になって考えた。

「むかしのこと、やはりわからないね。でも、金中指いう言葉あるから、中指にしたかも知れませんね」

私は礼をいって、その店を出た。若い時計屋は、突然はいって来て、意味のない話をして出て行く内地人を、別にいぶかりも、あやしみもしない顔で、送りだした。人は理由もなく出会い、理由もなく別れるのだという、むかしからの諦観を身につけているように。

私は町角を曲り、氷屋の前を通りこして、すこし行ってから、道ばたに立って、私をながめていた囝仔《こども》をまねいた。

「この辺に、北白川宮の……」

こどもはポカンとして私の顔をみつめた。

「台南から来る内地の人が、見に行く家を知らないかね」

こどもは私のいう意味を理解したらしく、片手をあげた。その指さす方に、道からひっこんで、土塀があり、その上に棟がそびえているのが見えた。私はこどもに手を振って見せてから、その家のほうへちかづいた。

大きな農家のかまえの一部らしく、家の白壁には棟のあたりに色漆喰《しっくい》で、ふちとりの模様が描いてあった。白壁も近くに寄って見ると、桃色に塗ったのが褪《あ》せて白くなったものだとわかった。

土塀の入口をくぐると、雑草の生えた庭場があって、家の入口はすぐわかった。ひっそりして、人の住むけはいはなかった。私はかまわずに、はいってみた。とっつきの部屋はがらんとして何もなく、完全なあき間だった。次の部屋には、紫檀の眠床《ビヌツン》がひとつおいてあるきりだった。この部屋は前の部屋よりも、やや大きく、すこし薄暗い感じだった。そして、この部屋から先へは行かれなかった。

そこは二部屋の、限られ見棄てられた空間だったのだ。眠床《ビヌツン》には蚊帳《バンタア》もかかっていず、つやの消えた木肌をむきだしにしていた。もちろん何年も使用されたことのない、過去の遺物にすぎなかった。

眠床の柱には木札が打ちつけてあり、それに説明書きがしてあった。――明治二十八年、台南の叛徒を平定するため、近衛の精兵をひきいて西海岸に上陸された、北白川宮能久《よしひさ》親王は、この地まで進軍された時、眼を病まれて、この家に滞在、不便な状況の中で療養をされた――という意味のことが書かれていた。

この殺風景な眠床が、親王の当時使用されたものだというのである。明治二十八年四月、日本帝国は下関で清国と媾和《こうわ》条約を結び、台湾全島と澎湖《ほうこ》列島を日本が領有することにきまった。ところが、そういう状勢のよくわからない台湾では、日本をむかえて一戦をまじえるつもりで、清国の軍隊が張りきっていた。

近衛師団は同年五月に基隆《キールン》附近に上陸し、台北を占領したが、台南には劉永福という将軍が頑張っていた。これを陸路南下した軍隊と、海軍の援助で西南部の海岸から上陸した軍隊が、はさみ打ちにしたのだが、劉は台南が落ちる前日、単身、厦門《アモイ》にのがれていた……

うろおぼえの台湾征討史だ。日本軍は残留清兵《しんぺい》の掃蕩におよそ半カ年をついやした。その間、慣れぬ異郷で相当な不便をしのんだことが想像される。北白川宮は陸路を台南にむかって南下されたのだと思っていたが、この木札の説明によると、やはり軍艦で台湾海峡を下られたようだった。海岸からここまで進軍されるのも、かなりのご苦労だったように、説明は、におわしていた。

この宮さまは征旅のあいだに病没された方だということが、わかっているだけに、こんな僻村（だったろう、当時は）で眼をわずらわれて、質素な眠床にふせっておられたことが、特に悲痛な感銘をあたえるようだった。

それにしても、なんというなおざりな史蹟保存だろう。街にはなんの掲示もなく、この場所へ旅人をみちびく道しるべもない。ここへはいって来て、はじめて、当時を語り顔な一枚の木札に出っくわすだけなのだ。まるで、この土地では五十年の歳月が、この尊い記憶から迷惑そうに顔をそむけていたとしか思えなかった。

いや、すでにその思い出のむなしささえ感じられるのだ。そこには、がらんとして壁のむきだしになった、小さな房間《パンキエヌ》がふたつと、とぼしい雑草の生えている、きちんと仕切られた囲い地があるだけなのだ。そしてむかしの貧しい村では最上級の物だったらしい紫檀の眠床が、かれ自身の存在をいぶかるように、いかにも手持ぶさたに置かれているのと、土塀の入口の外で、たった一株の仏桑華《ぶっそうげ》が、無意味に咲きほこっているのとが、対照的だといえば、いえないこともなかった。

私は気に入らない現実の前に、しばらく釘づけにされていた人間らしく、舌打ちして、その無人の家を出た。外側から見ると、その家の美しさ愛らしさは、すこしも前とかわらなかった。だが、私は時空を超越した場所から、ふいに現実の中へ帰って来た手ごたえを感じた。そして、私のたましいが、からだに帰ったように、急に暑気が感じられた。正午にちかい空は、とてつもなく高いあたりで無数の爆発がはじまり、熱気がみなぎりだしたようだった。

町角まで引返して来ると、バスはまだ来ていなかった。バスは食堂の前あたりで、とまり、Uターンして台南へむかうのだ。私は腕時計を見て、氷屋の店に寄った。停仔脚《アーケード》のかげのストッカーの前に、裸足《はだし》の小さなこどもが二人たかって、見るからにまずそうな、里芋のシャーベットを買っていた。

パーラーには、だれもいなかった。が、私が前の日の場所にこしをおろすと、店番の少女がすぐにあらわれて、笑顔をむけた。

「サイダーをくれないか」

壁に貼った品名表に眼をさまよわせながら、私は反射的に注文した。そこに書いてある名前は、やはり半分以上、私にはわからなかった。台湾の旧慣調査報告の中に——かなり厖大《ぼうだい》なものの一部を読んだにすぎないが——ラムネのことを和蘭水と書いてあったのを、見た記憶があった。オランダ水である。が、ここの舌代には、そういう字面《じづら》はなかった。

「ラムネのことは、台湾語で、なんというのかね」

サイダーの壜と、あいかわらず一・五デシのコップを持って来た少女に、きいてみた。

「ラムネよ――」

少女は涼しい顔で答えた。

「ラムネの栓ぬき、持って来ますか」

「いや、いいよ。それより、むこうの扇風機をつけてくれないか。今日も風がないね」

私の正面には、開けはなした戸口のむこうに、庭が見えた。植込みの上に、土耳古石のような色の空があった。その方角に、駱駝《らくだ》のこぶのようにならんだ、街役場と警察署の建物があるはずだが、ここからは見えなかった。よその家の屋脊《やね》にさえぎられない空が見えた。その一部分だけを見ていると、地平線のない世界がそこにあるようだった。空間に浮かんだ庭である。天国――というよりは、天国にも植民地があれば――そんなところではないかと、そんなつまらないことを私はぼんやり考えていた。

私はまた、さっきの忘れられた史蹟でのように、切りとられた永遠の姿を、そこの庭にも見たのだ。私は首をふり顔をしかめた。すると、品木渡の顔が眼にうかんだ。かれの頑固な憂鬱が、わかるような気がした。

庭の戸口のわきの卓上にある扇風機が、私の注文どおり廻りだした。時刻はちょうど事件の日、品木が私のいる椅子にかけて、庭のほうに顔をむけていた時に、ちかくなっていた。

庭からさしこむ日光が、ななめに扇風機にあたって、廻転する羽を、金色の靄《もや》のようにに光らせた。少女は扇風機のスイッチを入れてから、ゆっくり私のそばにやって来た。

「すこしは涼しくなった？」

「いっこう、だめだね」

「席を変えたら？――」

「いや、かまわないよ。台南行きの始発は、出ちまったんじゃないね」

「いいえ、まだよ。もうすぐ来るはずよ」

「来たら、教えてくれるね」

私はなかば無意識に――というよりは、退屈なときの手いたずらのように――自分のいる卓上の扇風機にも、スイッチを入れた。古めかしい大型扇風機はぶるんぶるん震えながら、真鍮の羽で空気を切りはじめた。

テーブルに肱をつき、その扇風機を通して室内を見ると、部屋のようすがいくらか変って見える。特にむこうにある扇風機は、化けそこなって尻尾をちらつかせているような、おかしな恰好に見えた。どういう現象なのか、私には説明できないが、廻転する羽の金色のフィルターが消えて、高速度カメラで撮影したように、黒い羽のゆっくり廻っているのが、ちらちらと見え、暗かったそのむこう側が、ぼんやりと見えだしたのである。

私はしばらく、子供のような好奇心で、その現象をみつめてから、スイッチを切った。それが、することのない、その日の午前中の、私の最後のひまつぶしであった。

バスの警笛が聞こえたのだ。私は立ちあがって、勘定台へ小銭をおいた。

「台南へお帰りになるの。また、来ますか」

「さあね――」

私は首をかしげて、少女の眼を見た。少女は別に、名残り惜しそうな顔はしていなかった。

「そうだ、きみに聞こうと思ってたことがある――きみは中毒事件のあった日に、坂西のおくさんが、左手に指輪をはめていたと、いったね――だが、それは間違いじゃないかね。おくさんは右手に指輪をしてたんだろう」

「いいえ、左手よ。左手にしてたわ、たしかに。ここで、おくさんはハンドバッグから紙入を出して、紙入からお金を出したわ。それみんな右手でやったのよ。そのあいだ、あたしは、おくさんの左手の指輪にみとれていたんですもの」

「すると、たしからしいね」

私は少女の顔を見、もう一度、パーラーの中を見まわした。通路には、赤い花簪《ホエサム》をさした老婆のすがたはみえなかったし、揺籠《イオナア》は吊るしてあったが、中はからっぽのようだった。若い男が二人、つながって表の店から、はいって来た。そろそろ客のやって来る時間らしかった。

指輪のことは、なんとなく気になった。が、指輪は始終はめているものだし、時には指を変えることがあっても、ふしぎとはいえなかろうと思った。とにかく、この小さな街には、もうしらべることは何もなくなった。私は勘定台の少女に微笑して見せ、表の店をぬけて、また炎天の下に出ると、はすむかいの食堂の前にとまっている、台南行のバスのほうへ歩いて行った。

バスが終点に着くと、私は洋車《ヤンチョ》をやとって、半月ばかりあけていた下宿に帰った。

新公園わきの鳳凰木《ほうおうぼく》の並木の下を通る時、車上から見あげると、北部へ出かける前に梢を燃やして咲きほこっていた花は、もうほとんど見えなくなっていた。

私の借りている房間《パンキエヌ》から、中庭をへだてて表側にある家主の家に寄り、部屋をあけて風を入れておくように、たのんでから、私はまたすぐ飯を食いに出かけた。それから私は州庁に行き、大耳降の中毒事件関係の書類をしらべさせてもらった。

州警察の捜査でも、失踪した黄利財について、まだ手がかりはつかめてなかった。綴《とじ》込《こ》みを引っくり返していると、三、四時間前に、はなれて来た、小さな街のすがたが眼に浮かんだ。よどんだ暑気の中で、その街はもう平和をとりもどしていたのだ。事件の捜査は、州警察や馮次忠に、まかしておけばよいと私は思った。

私の房間にも、質素な眠床がひとつ、おいてあった。私は台南にいるあいだ、何の気もなく、それに寝ていたのだが、その晩はちょっと見なおす気になった。不運な宮さまが病臥《やみふ》された眠床も、私の使用していたものも、たいして変りはなかった。そして、その晩は眠りにつく前に、品木や坂西夫人応氏珊希の顔が、さすがに眼に浮かんだ。かれらは夢の中にもあらわれたようだが、疲労して、よく眠ったせいか、夢の記憶は、はっきりしていなかった。

翌日の午《ひる》ごろ、私は意外な郵便物を受けとった。大稲埕の文芸雑誌編集者、水野からの小包である。意外だったのは、あのずぼらそうな飲み助が、そんなに早く用事を片づけるとは思わなかったからだ。

忘れないうちに、約束を果たしたのかも知れないが、小包にしないでもよさそうな軽い物だったのに、水野のような男は案外、義理がたい面を見せたがるもののようだった。

上包《うわづつ》みをはがすと、紙縒《こより》でとじた原稿が出て来た。神経質な品木のものらしく、創作原稿は、きれいな字で書いてあった。私は窓際へそれを持って行って、読んでみた。第一枚目に、『金果流』とシナ風の表題が書かれ、品木渡の署名があって、すぐ、次のような言葉が、引用してあった。

――おお女、女！　お前のうちなる技巧家は、お前のうちなる愛人を、常にしのぐ。が、私はその技巧家のお前もまた好きなのだ。お前の才気の中には、私を魅了した魔法の一手があるものを。（ジェラアル・ド・ネルヴァル）

品木の書いた短篇小説は、私に感銘を与え、もう一度かれと会う必要を感じさせた。便宜上、ここに、その全文を載せることにする。

第五章　金色の果実

——酒巻銑造《さかまきせんぞう》が紅毛城《ゼエランディ》の遺跡で有名な安平《アンピン》の港外にある青厝《チェンツウ》を、はじめて訪れたのは、大耳降の警察署に赴任して来てから、間もないころのことでした。気候も、もっともしのぎにくい八月のはじめだったのですが、まだ熱帯地方の暑気に慣れていなかったせいか、いらいらした気分で勤務も手につかなくなり、ちょうど軽い脚気にかかったのを口実に、一ヵ月ほどの休暇をとって、そこの知人をたよって行ったのは、海でも見ながら、しばらくのんびりして気を晴らすのが目的でした。

が、行ってみて、ちょっとあてがはずれたというのは、そこには、いわゆる海らしい海がなかったからなのです。

ここにも、オランダの出城《でじろ》のひとつがあったということは聞いていましたが、内地人の別荘地帯から、広東系本島人の聚落を過ぎて、そこの小さな入江に出てみると、そのあたり一帯が昔の水辺築城の名残りであることが歴然とわかりました。コの字型に突き出た石垣が広い水域を抱いて、そこは軍船の船渠《ドック》か戎克《ジャンク》船の風待《かざまち》に使われていたのでしょうが、いまは船の片影だになく、潮の絶え間ない運びが長いあいだに送りこんだ漂流物に、目路のかぎり覆いつくされて、海の色などはおろか、見る影もないごみの停泊地、芥の洲《あくたのす》、または平凡な藻《マレー・サルガッソー》の海の、浅ましいながめなのです。

酒巻は暑さにあえぎながら、片方の丘に登ってみました。荒々しくぼさついた葉のあいだから鳳梨《アナナス》に似た実をのぞかせている、気の狂ったような林投《たこのき》に、なかば蔽《おお》われた丘のいただきは空地でした。

そこに立つと、芥の海のむこうに洋々とひろがる潮の流れを望めたので、かれはほっとしました。そこは、それらしい一基の石も残ってはいなかったが、オランダの砦《とりで》の趾《あと》に違いなかったのです。

いま爪先あがりの路をふみしめて来た心臓の、どきどきする音が聞こえるほど、丘の上の真昼はしずかでした。ふと、そこに陰気な砦《とりで》の建物が、くろぐろと聳《そび》え立っているさまが想像されるのです。砲門のねらっている海のあたりを、国姓爺《こくせんや》の水軍は粛々と夜行して、ゼエランディアの城をひそかに襲ったのでしょう。精悍な大民国《だいみんこく》の兵が一過した後には、血にまみれた守備兵の屍体が、碧眼に空を宿していたかも知れません。酒巻はかれの空想で無気味になり、蒼惶と丘を降りました。

青厝《チェンツウ》へ来てみたものの、かれは後悔したのです。こんなところにいれば、疲れた神経を癒《いや》すどころか、ほんものの神経衰弱になってしまいそうでした。かといって、大耳降の索漠とした生活にかえる気には、なおさらなれません。いっそ職をなげうって、台北へでも出ようかと、かれは真剣に悩みはじめたのです。

海を見るには、丘の台地へ行く他はないのでした。物を考えるには、そこは適していました。そこへ行くには、みすぼらしい広東系の聚落を過ぎたあとは、一帯の甘蔗畑——いや、砂糖黍の森林——を抜けて行かなければなりません。

数歩その中へ踏みこむと、視界を一切ふさがれて息苦しくなり、時たま葉をゆるがせて、はしゃぎまわる風の声のほかには、何も聞こえない無気味な沈黙の中を、かぼそい径《みち》を見失うまいとして、必死に歩くほかはないのです。それでも酒巻は日課のように、城山の丘へ行くことを止めなかったのです。

ある日、砂糖黍の畑が丘の麓《ふもと》で尽きるちかくまで来ると、かれは、ふと葉のざわめきの中に、人の声を聞いたのでした。

「ホウ！　ホウ！」

鋭い女の声です。かれはぞっとして立ちすくみました。

その前日そこへ来た時、草むらに埋《うも》れた平たい石を見つけ、足で草をかきわけてみると、石のおもてにローマ字が彫りつけてあるので、あわてて足を引っこめたという、あまり気味のよくない経験を、かれはしていたのでした。石のおもての字は辛うじて、アンセルム・ファン・ホウ——と読め、字のその個所で石は欠けていました。それは墓窖《はかぐら》の蓋にちがいなかったのです。

と、女の声は、そのあたりの草むらに眠っている、オランダ人の亡霊を呼びさますかのように、「ホウ！」と、また鋭く語尾をふるわしました。続いて、荒々しい犬の吐く息と、鎖の鳴る音が、砂糖黍の襖《ふすま》のむこうから聞こえて来たのです。

西洋の怪談を読むと、むこうの幽霊は、犬のなき声と鎖をひきずる音と共に、あらわれます。

「冗談じゃないぞ」かれは妙な恐怖にとらえられた自分を、はげますように声を出して、いってみました。

そのとき、ゆくてから、ふいに一頭の巨犬《おおいぬ》が姿をあらわし、続いて、身をそらして鎖をひかえた女の姿が、あらわれたのです。女は酒巻に気がつくと、一瞬、微笑をたたえた眼で、かれを抱きすくめるように、みつめ、それから颯《さっ》と砂糖黍のかげに消えて行きました。

女はゆたかな体軀を、ぴったりした長衫《ツンサア》でつつみ、浅黒く日焼けした顔に、ひきしまった魅力がありました。が、その眼！　瞬間の幻影にすぎないものが、酒巻の胸に焼きついて離れにくくなったのは、その眼のせいだったに違いありません。

翌日はまた、その女に会えるだろうかという希望がありました。そして城山のいただきで酒巻は、無心に犬を調教している女の姿を、みつけたのです。スコッチ・コリーらしい素性のよさそうな犬は、大きな舌を吐きながら、女に甘えていました。女はふりかえって酒巻をみとめると、

「ここへ来ては、いけませんよ」と、明瞭な日本語でいって、にんまりしました。

「どうして、です」

「ここには悪い霊魂が棲《す》んでいるのです」

女はそういうと、犬の背を鎖の端で打ちました。巨犬の力に引かれながら、二、三度ふりかえって、ふしぎな響《ひびき》のある笑い声を立てましたが、そのまま丘をかけおりて行き、あとには彼女を飲みこんだ砂糖黍の林と、芥の海と、はるかなうねりと、酷熱に白く濁った空とが残るばかりでした。

——さて、その後、酒巻銑造がその女と、ちかづきになった次第を、かいつまんで、

お話ししましょう。かれはその海岸で、意外な人物に出会ったのでした。内地の中学校の同級生だった、伊能部千里《いよくべせんり》という沖縄人です。

伊能部はその後、生物学を専攻して台湾に渡り、当時は台南州庁の嘱託をしていました。女はかれの妻で、ユリと名乗っていましたが、旧姓名を林氏紅霓《こらん》といって、清朝の名門の出だということでした。

伊能部は二、三年前に台南で彼女を見染めて結婚したそうですが、伊能部は南海人によく見る型の、頭でっかちの小男ですから、恐ろしく釣合いのわるい夫婦で、夫婦仲も何か冷たく、酒巻の眼にうつったのでした。

スコッチ・コリーは誰がつけたのか、芳《ホウ》という名で、州庁が種馬《しゅば》牧場の監督にたのんだ英国人から、ゆずりうけたものだそうですが、伊能部は夫人のおあいてに、この巨犬をあたえたまま、自分は漂流植物の調査に没頭して、台湾海峡の沿岸を南北に渡りあるく日々を送り、たまさか酒巻がかれらと出会ったときのような短い休暇期間でもなければ、家には帰らないようでした。

独身者の酒巻には、どこがうまく行かないのか、機微にふれる観察はできなかったのですが、あの豊満な肉体で、この生活に耐えている女の気持も、妻に対して、いっこう積極的に出そうもない夫の気持も、かれには不可解でした。友人夫婦の不満足な関係を傍観することは、生木をこすって火を出すのが、うまく行かないのを見ているような、焦《じ》れったい妙な刺戟がありました。

こういう条件の中で、酒巻の存在はかれらにとって好都合だったのか、伊能部家では、かれは歓迎されたのです。が、酒巻はどうしてか、おだやかな気持ではいられませんでした。はじめ、かれは、伊能部が研究に没頭するあまり、夫人など眼中になくなったのかとも思ったのですが、伊能部のひたいの深い皺は、南海人の情熱を押しかくしているようですし、夫人の態度も陽炎のように、ちかづくかと見れば遠のくようで、しょせん二人共に、気の知れない存在なのでした。

夫人の立居振舞をまぢかに見るにつけ、酒巻はしばしば眼がくらむほど、頭に血の昇るのを感じ、この驕慢な女を何故、伊能部がひとおもいに、押し伏せてしまわないのかと、歯がゆく思いました。一方かれは、ひたすら伊能部のよい友人でありたいと、願っていたのです。

こんな、もやもやした状態のなかで、突然とっぴょうしもない事が、もちあがったのです。

ある朝、酒巻が小さな別荘風の伊能部の仮寓へ行ってみると、門の中につながれていた例の巨犬が、かれの顔を見あげて、はげしく尾を振りました。伊能部はひとり畳の上に、あぐらをかいて新聞を読んでいました。

「ユリは今朝はやく台南へ出かけたよ。きのう、あれの親戚から、拝々《パイパイ》（家庭の祭日）の招待を受けてね」

伊能部は新聞を捨てて、酒巻を日課の朝の散歩にさそいました。

青厝から台南へ出るには、五営店まで一キロあまり歩いて、バスに乗らなければならないので、ユリ夫人は後を追う犬を縛って行ったのでしょうが、鎖をとかれた犬はよろこんで、かれらのまわりを、はしゃぎまわりました。

「芳《ホウ》め、今朝は主人が不在なもので、ぼくについて来るんだ」

伊能部は自嘲するように、いいました。

かれらは、いつもながら蕭条とした海辺に出ました。芥の港の中にも、ところどころ青い水脈《みお》があって、海鳥がただよい流れては、また舞いあがる動作を続けています。野生の木瓜《パパイヤ》の木に、烏秋《ウオチュウ》がとまって、鋭い声で鳴いていました。

内地はもうそろそろ秋だな――と、酒巻は思ったのです。かれらのまむこうには城山が、林投《たこのき》の繁みから、にょっきりと禿げた頭を突きだしていました。

「あの砦あとには、オランダ人の亡霊が出るといって、砂糖黍の耕作にやとわれて来る苦力《クーリー》も、恐れてちかづかないそうだね」

酒巻は土地の人に聞いた話を思い出して、伊能部にいった。

「誰がそんなことを、いいふらすのかね」

伊能部はにがにがしげに顔をしかめたが、ふと思いだしたように反駁した。

「だが、そうとも限らんぜ。いつだったか、あそこで本島人が集会していたことが、あったよ」

「集会……」

酒巻は職掌がら、さすがに聞きかえしたのです。

「いや、ピクニックだったのかも知れない、苦力《クーリー》仲間のね。とにかく、まるきり人が寄りつかないというほどでも、ないだろうよ。どっちみち、あんなところへ行くのは、物好きな人間だろうがね」

コリーはかれらの話には、おかまいなしに、しきりにそこらを嗅ぎまわっていましたが、やがて何を見つけたのか、突然、渚をめがけて一散にかけだしたのです。ぴちゃりと水の鳴る音がして、かれはもうそこから何か咥《くわ》えだし、しばらく決しかねるように跳ねまわってから、伊能部の足もとへ飛んで来ました。犬の巨きな口の中に、にぶく光るものがあるのを見て、かれらは顔を見合わせたのです。

「はてな、芳のやつ、何をひろって来たんだろう」

伊能部が好奇心に眼を光らせながら犬の口から取りあげたのは、直径四センチほどのまるいもので、金色に光っていました。

「果物らしいが、いやに軽いな。なんだろう、蓮霧《レヌプ》でも、抜仔《バンジロウ》でもない——金色をしているのは、真鍮粉を塗って、上からニスをかけたのらしい」

学者らしく凝り性の伊能部は、コリーが渚から拾って来た物を、さかんにひねくりまわしていましたが、

「きみ、見たまえ、まんなかに条《すじ》がついてるぜ。やっぱり、中はからなんだな」と、頓狂な声を出して、今度は両手の指に力を入れて、ひねりはじめます。

小男の伊能部の顔が、まっかになった時、ふしぎな果実は、ぽんと音を立てて、真《まっ》二《ぷた》つに割れました。伊能部は果実の内側をしらべてから、植物の専門家らしく、結論したのです。

「わかったよ。これは、きみ、マンゴスチンだ——マンゴスチンの皮を切って、実を取りだしたあとを、上手に細工して容器にこしらえたんだ——きみ、何か書いた物が、はいってるよ」

伊能部がすっかり熱中しているのは、抑えたふるえ声で、わかりました。かれがその中からつまみ出したのは、小さく畳んだ数枚の紙片で、皺をのばしてみると、どれ

にも細字がぎっしり書きこんでありました。

それは宛名のない手紙らしかったのですが、漢字ばかりで書かれているので、ちょっと伊能部の手には負えなかったとみえ、帰ってから、ゆっくり読むことにしました。そして、読んでみると、そこには容易ならぬことが書いてあったのです。


——私はいま下手な手紙を書いて、海の手にゆだねようとしているが、もしも奇蹟ということが実際にあって、これがどなたかの眼にとまり、救われる日が来るかも知れないという、はかない望みによるものである……


こんな意味の冒頭ではじまる、このふしぎな通信の筆者は女性で、相当の教養も才気もあるとみえ、文体にも古風な口語小説のおもむきがありました。

女は李氏晶秋《りししょうしゅう》といって、潮州街の貧家の生れ。幼にして李氏の養女となり、十三の歳、販梢《ひとかい》に売られ、海を渡って厦門《アモイ》に送られたのです。そこで運よく、張員外《ちょういんがい》という金持に引きとられ、二年間、学芸を仕込まれました。

ところが、十五歳になると、老人の張員外から媵《めかけ》になれと迫られたので、ひそかに張の家を抜け出して、汕頭《スワトウ》へ逃れました。その地で、酒家に働いているうち、台湾から来る貨物船の持主で周という、若い商人とねんごろになり、身請《みうけ》され囲われる約束ができたのです。

李氏はどちらかというと、周のお供で遊びに来る、周の従弟の葉《よう》という貨物船の舵手のほうに、好意を持っていたのですが、その気はあっても葉には金がないので、どうにもならず、李氏が苦界をぬけだすには、周の手にすがるほかはなかったのです。お互いに気はあっても、李氏と葉とは別個に煩悶するだけで、お互いにあきらめようとして、どちらからも手を出すようなことは、しませんでした。それにもかかわらず、後になって思いあたったのは、周がその頃すでに二人の仲を邪推していたことです。周は病的に嫉妬ぶかい男だったのです。

ある時、周は李氏を台湾につれて行って、正妻にすると、いいだしました。李氏はなつかしい故郷へ帰れることを喜んで、周の船に乗ったのですが、狭い船の中に三人が起臥を共にするようになったことは、周の妬心《としん》を強く刺戟したようです。

周が、それまで口にしたこともないような、淫らなあてこすりをいって、葉のそむけた顔に憎々しげな視線を焼きつけるのを、李氏は、はらはらしながら、見まもるばかりでした。その視線は李氏の上にも、そそがれたのです。周の態度は日ましに怪しくなって行きました。

周の船は香港まで南下して、そこで積荷を終ると、いよいよ郷《くに》へ帰ることになりました。葉は周の眼をしのんで、李氏の耳にささやくのでした。

「周の態度はおかしい。周は狂人の血統《ちすじ》だ。高雄へ着いたら、二人で逃げよう」

葉はそれまでに、そんな積極的なようすを見せたことがなかったので、李氏はいくらか力強く思ったのです。が、船が台湾にちかづくころ、周は葉を別の舵手と交代させました。葉は不安げにささやくのでした。

「周は船を高雄に着けないつもりだ。進路がすこし南へ寄っている。鳳山《ほうざん》か屏東《へいとう》へ寄るのかも知れない」

その夜、周の船は暴風雨の圏内に、はいったのです。小さな貨物船は木の葉のように風浪にもまれ、李氏は牀第《ねどこ》に伏したまま、ひどい船酔いで顔もあげられなかったのです。すると、葉が見兼ねて介抱しているところへ、ふいに周がはいって来て、荒々しく葉をつきのけ、口ぎたなく李氏の不貞をののしったのです。

たまりかねた葉は、あらしに揺れおののく船の中で、周とつかみあいをはじめました。李氏は眼の前に見て、とめるあがきのつかぬ恐ろしさでした。周の手にひらめいた短剣が葉の肩につき刺さったのです。男の血の飛沫《ひまつ》が顔にかかるのを感じると、李氏は悲鳴をあげて、気を失ってしまいました。

――気がつくと、もう風も凪《な》ぎ、波もおさまっていました。そればかりか、李氏は見事な蚊帳《バンタア》を垂れた眠床に、横たわっているのです。蚊帳をかきわけて眠床をおりると、李氏は紫檀の家具をならべた、立派な房間《へや》に立っていました。

部屋の外には、喜字欄のついた張出しがあって、そのむこうには、彼女の眼の高さに白い雲のうかんだ、青空が見えるばかりです。欄の上の、彩磚《いろがわら》の檐《のき》に吊るした鳥籠には、鮮黄に緑のしみのある鸚鵡が、退屈そうに紅い嘴を鳴らしていました。

卓の上には竹細工の籠に、芎蕉《キンチョウ》や鳳梨《オンライ》、山竜眼《ソアリエンギエヌ》の類はおろか、厦門《アモイ》で食べたことのある甘い茘枝《れいし》や、その他、名も知れぬ珍果が盛ってあり、空腹を感じた李氏は、思わず歩みよって手にとると、うっとりと味わいながら、あらしの海におぼれた彼女をあわれんで、法主公《ホアッコン》が彼女の魂を天上に、送り届けてくれたのかと思いました。

が、李氏の天界は、たちまち地獄に変じたのです。周があらわれたのでした。周の眼は、もうすっかり狂気を反映しておりました。

「おれはお前のために罪を犯した。おれは従弟の葉を殺した。お前をあらしの中から救いだして、ここへ連れて来るのは、たいへんな苦労だった……」

周は無気味な声で説明しました。

「おれの船はあらしのために舵がこわれ、機関もとまって北西に流された。おれは船を見棄てて、二人の水夫とお前を小舟に乗せた。必死に漕いで、やっとここへたどりつくと、おれは水夫達を殺して海に投げこんだ――やつらは、おれが葉を殺したことを知っていたからだ――お前を完全におれのものにするため、おれはこれだけの罪を犯した。もう、お前を手放しはしない。が、どうだ、ここはよいところだろう――お前の欲しいものは、何でも取りそろえてやる。お前はここで、お前の一生を終えるのだ」

そういうと周は、さっきはいって来た唯一の戸口から、せわしそうに出て行きました。その扉は中からでは、押せども引けども開かなかったのです。

李氏は夢中で、張出しへ走って行きました。が、あっと声を飲んで、あとじさったのです。その部屋は岩山の絶壁の上に立つ層楼の階上にあったのです。眼の下には海が茫洋《ぼうよう》とひろがって、むなしい呻きをあげていました。欄から、こわごわ首をのばして見ると、右手に陸地つづきと覚しい岬の突端が、棕櫚や様仔《ソワヤ》などの樹々を冠って、裾を浪に洗われているばかりで、その他に陸地の影は見えません。そこがどこなのか、もちろん想像もつかないのです。

周は一日おきぐらいにあらわれて、鵞鳥や鶏肉などに、多量の珍しい果物を携《たずさ》えて来ては、しつこく李氏の肉体を要求して行くのでした。李氏は嫌悪と恐怖でいっぱいになり、何度も眼下の海に投身しようとしましたが、異郷にいたころから胸に抱いていた、幼い彼女を他家に売った潮州の生母を探しだしたいという念願が、同じ土地の一部にただよい着いていることを考えると、どうしても思い切れなかったのです。李氏は何とかして、その豪奢な空中の牢獄から逃れ出る方法はないものかと、身をしぼって考えたのですが、結局ゆきつくところは絶望でした。張出しの下の海は断崖に湾入した入江の一部らしく、眼もくらむほど下に見える水面には岩頭があまた散在していて、舟の近寄るような場所ではなかったのです。

ときたま沖を通る漁船をみつけると、李氏は狂気のように、眼につく紅い裂《きれ》などを振って合図をしてみました。舟の人の小さな黒い影が、こちらに向いている形に見えることもありましたが、いつも取合わずに通りすぎてしまうのです。時には、とりみだして、助けて下さいと走り書きした紙片を、香水壜といっしょに手巾《ハンケチ》にくるみ、力のかぎり投げてみたこともありました。が、近間《ちかま》の海に音もなく落ちたのが、関の山でした。

周は建物の表側から出入りしているようでしたが、その側へ行くことは、蠅か蜘蛛ででもないかぎり、不可能なのです。このままでいれば、李氏は周のためにに肉をむさぼられ、さいなまれ、揚句《あげく》の果てに葉や水夫たち同様、殺されてしまうに違いなかったのです。

脱出の不可能をさとると、李氏は外界との通信を計画しました。陸地の、その家にちかいところに、人が住んでいるかも知れないと思い、その人に連絡がとれたらと考えたのです。そこで、李氏は或る日、事情を訴えた手紙を書き、軽い紙の通信筒を作って入れ、籠の鸚鵡を出して、その脚に結びつけ、放してみました。

鸚鵡は海にもむかわず、屋根を越して家のうしろへ飛んで行きました。しばらくすると、陰気な顔をした周が、鸚鵡の屍骸をぶらさげて、はいって来て、物もいわず、李氏の眼の前に投げだしたのです。

そのころのことを、李氏はこう書いています。

——私の心は死んだようですが、肉体はふしぎに健康です。珍しい果物を主食のようにして来たせいか、こんな幽閉生活でも不自然に肥りすぎるようなこともなく、髪の毛はつややかになり、皮膚は輝きを増し蜜のような芳香を放っています。目につかぬほどに体重もふえて行くようです。それにひきかえ周は、わずかのあいだに痩せおとろえ、見る影もなく険しい相貌にかわりました。周の生涯も、もう長くはないようです。が、周は自分が死ぬ前に、私を殺すでしょう。私は周の手にかかって死ぬのは、いやです……

そう思うと、李氏は焦りました。そして考えついた第二の方法が、親切な水仙王《ツイセンオン》の手に手紙を託すことでした。李氏は周の運んで来る名も知らぬ珍果の皮を、人目に触れやすい金色の容器に作り、その中に手紙を封じこみました。

　おぼつかないことでしたが、李氏は切なく水仙王や媽祖《マァツォ》に祈りをこめて、その可愛い通信筒を、はるか眼の下の海に、力いっぱい投げこんだのです——


「おどろいたね。これはひどい悪戯《いたずら》だ」

　しばらく呆気にとられていた酒巻が、まず沈黙を破りました。

「いたずら……」

　紙片を手に持ったまま物おもいに沈んでいた伊能部は、ふと眼をしばたいて、

「洒落や冗談で、こんな真剣な文章が書けると思うかね」と、反問して来ました。

「正直、この女の幻影に、ぼくは刺戟を感じるよ。この女の亭主のように、たとえ狂人にもせよ、こんなに夢中になれる男は、むしろ羨望にあたいする。が、この女が徒《いたず》らに死を待つ状態で幽閉されているのは、看過してよい問題かね」

「そうかといって、どうすることが、できるんだね。その女が実在するとしても、誰に救えるんだ。当人でさえ、自分のいる場所を知らないというんだからな——ねえ、きみ、人間て、何かしないいじゃ、いられないものだから、いよいよとなれば、どんな

馬鹿げたことでも、やりかねない——まして、この女の場合なぞは——あくまでも、女が実在すると仮定してだが——無理もないとは思うが、このマンゴスチンの通信筒なぞ、無計画も甚だしい。これひとつでも現実の話とは思えないじゃないかね」

「そうでもないさ」

伊能部が平然と押し返したので、酒巻はまた、おどろかされました。

「英国のある島では、灯台守が空壜を使って、本土と通信しているそうだが、潮の路はやたらに変るものじゃないから、それは可能なのさ」

「潮の路……」

「現にこのマンゴスチンのからを拾った海辺の丘ね。あそこには他の海岸には見当らない熱帯植物が生えている。ところが、ここから南にあたる或る地点に、同一の植物が生えているとすると、そこでこぼれた、この植物の種を、潮がここまで運んで来たか、より確実には、更に南方のある場所から運んで来て、一部がその地点に蕃殖《はんしょく》し、一部がここに茂ったということになるのだ」

「すると、その植物と同じ物が生えている地点を見つければ、マンゴスチンが、そこから流れて来たということが、証明されるわけだね」

「そう簡単にも行くまいが——」

伊能部は自信ありげに微笑しました。

「このマンゴスチンという果物の樹は、本来、台湾にはないんだよ。これはマレーの原産でね、この皮は更紗《さらさ》の染料に使われるんだ」

「ほう。すると、例の女がいるのは、もっと南の熱帯の島か何かかね」

「ぼくは本来ないと、いったんだ。現在ないとはいわない。李氏の手記によれば、周という男の船は、高雄の沖で進路を南に振って、しばらくしてから時化《しけ》に会い、それから小舟に乗りかえたというのだから、まだ、そんなに遠くへ行ってるはずがないし、李氏だって、そう何時《いっ》までも気絶していられるものじゃないからね。幽閉地は遭難の場所から近距離にあると見て、いいだろうな」

「きみには、その土地の心あたりがあるのかね」と、酒巻はおどろいて叫んだのです。

「ぼくの知っているかぎりでは、あの辺りに一個所、マンゴスチンを栽培しているところが、あるはずなんだ」

伊能部は微笑をふくんで、いいました。

「以前、台南で、ある本島人の園芸家と知合いになったことがあるが、その老人は清水頭の海岸に、小さな無人島を所有していて、そこで、ドリアンやマンゴスチンの移植に、成功したといっていた」

「清水頭というと、ちょうど鳳山と屛東の中間だね」

「そうだ。地点もちょうど周の船の遭難の話に符合するだろう。李氏はそんな断崖絶壁の不便な土地に幽閉されていて、いつも豊富な果物に恵まれていたというのだから、果樹園のあるところに違いないし、しかもエキゾチックな物まで手に入るというのは、特殊な園芸家の所有地だったからだと考えて、いいのじゃないか」

酒巻は呆然と、伊能部の自信に充ちた顔を見まもったのです。

「その園芸家の老人は、周というのかね」

「残念ながら、名をおぼえてないんだ。が、子供はあったはずだ。手記にある周という男は老人の息子かも知れん」

「だが、それが事実だとしても、女はいまだに、その無人島に幽閉されているのかね。手紙には日附もなく、マンゴスチンがいつ海に投げこまれたかも、わからないが、いまごろは手紙にあるように、女はその男に殺されてしまってるかも知れないな」

「潮の速度は、きみが考えてるよりも速いんだよ。それに、このマンゴスチンはまだ細工してから、間のないものだからね」

「それで、きみはいったい、どうするつもりなのかね」

酒巻は匙《さじ》を投げるように、ききました。

「とにかく、清水頭まで行ってみる。なんなら、きみも行かないか」

酒巻は顔をしかめ、首を横に振りました。

「もうすこし、考えてみる余地はないのかな。たとえば、その紙切れを一度、お手の物の顕微鏡でしらべてみるとか——」

伊能部は、いらだたしげに肩をゆすって、反駁しました。

「だれがいったい、こんな手のこんだ悪戯をするかね」

「このちかくの海岸には、台南の学生の合宿所などもあるよ。やつらは、ずいぶん思いきったことも、やるからね」

「条件が事実と符合しているのは、どういうわけだね」

「たとえば、だね——」

酒巻はちょっと、まごつきながら、思いきって、いいました。

「たとえば、きみの奥さんだ。奥さんなら、きみから話に聞いて知っている事柄から、事実に合うような架空の条件を割りだせるだろう。きみの潮流説も利用できるはずだよ」

「ユリか？　ユリが何故そんなことを——」

伊能部の顔はしかし一瞬、くもりました。が、すぐに笑いだしたのです。

「だめなんだよ、きみ――なるほど、ユリには文才はあるが、あれはひどい不器用《ぶきっちょ》なんだ。ユリなら、このマンゴスチンの通信筒を作るのに、指の三本も切りおとしてるよ――ユリは二、三日、台南の親戚に滞在する予定で、出かけた。清水頭までなら、そのあいだにちょっと行って、ゆっくりしらべて来れる。あとをたのむよ、きみ」

酒巻は厄介なことになったと思ったが、結局、伊能部をひきとめることは、できなかったのです。一日おいて、ユリ夫人は台南から帰って来ましたが、伊能部は帰って来ませんでした。酒巻はユリ夫人を非難するように、いいました。

「奥さん、きわどい悪戯をしますね。大丈夫なんですか」

「ごめんなさい。でも、計画をうちあけずに、あなたにマンゴスチンの細工を、おたのみしたのは、あなたを尊敬しているからよ」

「マンゴスチンを――たったひとつだが――あなたに差しあげたのも、ぼくだから、なんだか寝醒めがわるいようでね。あれは、ぼくがいる別荘の主人が、内地から、台湾に同種のものがあるかどうか調べてくれといって、輸入物を一箱おくられたのを、ひとつだけもらって来たんですがね。しかし、コリーにあれを拾わせる訓練をしたり、ずいぶん手のこんだ悪戯だが、なんのためにあんなことをしたんです」

「あれで救われるのよ。伊能部もあたくしも。いまごろ伊能部はきっと、どこかで羽を伸ばしてるに、ちがいないわ」

第六章　青い鞋《くつ》

創作『金果流』は、ちょっとコミックなタッチで終っていた。が、事情を知っている者は、登場人物のモデルを容易に発見できるはずであるし、したがって、この話の結び方に、眉をひそめるだろう。

創作の中の酒巻は、坂西警部補、伊能部千里は仲村鰈満《かれまん》、林氏紅霓は応氏珊希を、それぞれモデルにしたものに、ちがいなかった。紅霓の日本名は、珊希のものと同一であるし、人物の職業も実在の場合と一致していた。話の細部にも、私が大耳降の警察署で馮巡査部長から聞いた事柄と一致点が見出せた。

だが、馮から聞いたことのなかで気になるのは、応氏珊希の前夫、通称中村満という州庁の嘱託学者が、学術調査のため清水頭方面に出張し、海岸にちかい島にわたる途中、あらしで遭難したという事実である。

その遭難事故の記録は、馮の調査では昭和十二年九月になっている。ちょうど、坂西が青厝《チェンツウ》へ行き、中村と旧交をとりもどした時期にあたり、この短篇に書かれている時代とも、ぴったり合う。

そうすると時期的に見て、この話のあとには、仲村鰈満――創作中の伊能部千里――の死という不吉な事件がかくされているのだから、作者がどういう気持で書いたかということを、問題にしてもよいと思われた。

原稿の最後に書いてある応募者の住所は、台南市になっていたから、品木はまだ大耳降へ移転しない前に、これを書いたのだ。品木はたった一度、坂西と会っただけだと、いっていたが、ある程度かれの身の上を――すくなくとも、坂西が珊希と結婚する前、大耳降から青厝へ避暑に行き、そこで知合いになったいきさつぐらい――聞いていなければ、これだけの話は書けないはずである。

問題は、この小説が、どの程度、事実と一致しているかという点にあった。品木はこの三者の関係に興味をそそられて、こんな話をでっちあげたのか。それとも、この小説のような事実を、台南で会ったとき坂西がかれに告白していたのか。

私には、どうもこの話は、事実に即しているように思えた。でないと、仲村鰈満を死に追いやった間接の原因が、珊希の悪戯にあると、小説の中で、彼女を誣告《ぶこく》することになり、何故、品木がそんなことを書いたか、かれの真意が怪しまれるからである。

やはり品木がこの話にちかい事実を坂西から聞いていたと考えるほうが、当時、虚脱状態におちいっていた品木の、立ちなおりの動機と思いあわせても、真実らしい。かれは、坂西夫人に非常な魅力と好奇心を感じて、それが大耳降の公学校に就職を決心する原動力になったということを、かくさなかった。

しかも、品木は当時まだ、珊希を見たこともなかったのである。たった一晩、いっしょに酒をつきあって聞いた男の話から、それほどの影響を受けるというには、よほど、その話が異常なものでなければならない。とにかく、その事実は極度に無気力になっていた品木に、物を書く気持を起こさせたほどなのだからである。

小説の中には書かれてないが、珊希の前夫が不慮の死をとげたことも、品木は知っていたにちがいない。ところが、それから間もなく、今度は現夫の坂西が暗殺されたという報道を読んだ。品木がまだ会ったことのない珊希に対して、非常な好奇心を感じたというのも、無理はない。二人の夫の死に、彼女は直接関係はないかも知れないが、間接にも関係がないとは、だれも思わないだろうからだ。

品木のような文学青年が、人間——特に女性——に、強い好奇と魅力を感じるのは当然で、かれは人間的な秘密の探求にかれの人生を賭けようと決心をかためたのかも知れない。が、いざとなると、臆病なのか慎重なのか、それとも、かれの育ちのせいか、品木は鄭用器の事件のかかりあいで何度か珊希と顔を合わせる機会があったにもかかわらず、まだ彼女と親しくなってはいないのである。

にもかかわらず私は、かれのために何となく危険を感じた。珊希が危険な女かどうかは、まだわからない。が、品木の原稿を読むあいだ、二日前の晩、うす暗い正庁の灯の下で、しばらくむかいあっていた彼女の姿を、私は絶えず胸にうかべていた。

黒い喪服でぴったりつつんだ、ゆたかな四肢。重そうなほどある漆黒の髪。古渡り象牙の色を帯びた漢民族独得の皮膚。どんな鮮やかな表情でも浮かべられる線のかっきりした顔には、にんまりした、彫像のように動かない表情が、退屈をよどませていた。青磨の女は、たしかに彼女だ。品木は一度、話に聞いただけで、まだ会ったこともない彼女を、見事に描きだしていた。

そして、この短篇の中には、坂西が彼女に惹かれて行った最初の経緯が、はっきりとらえられているが、品木には当時の坂西の心理を完全に理解できる素地が、そのときもう、できていたのに違いない。ということは、やがて、かれも行き方はちがうが、坂西と同じ経験をつかもうとする意志に、引かれて行くことになったからである。

私は私自身も、かれらの傾向に感染しかけていると感じて、苦笑した。もう一度、大耳降へ行くことを考えていたからだ。

推測だけではいけない。品木は果して小説の中に書いたような事実を、坂西から聞いたのか。聞いたとすれば、どの程度まで聞いたかということも、問題になる。大耳降の事件をこれ以上、追及する場合も、私としては人間関係をしらべて行くほかに方法がなかった。それ故、清水頭事件が殺人でなく、珊希や坂西に直接関係のない場所で、起きた事故にすぎないとしても、なおざりにはできないのである。

特に私が興味を持ったのは、警察官である坂西が、清水頭事件に多少の関係ある者として——しかも、この小説に書かれているような事実があったとすれば、なおさら——この事件の際に、どんな態度を取ったかということだった。

だが、坂西はもう過去の人だから、私はやはり大耳降へ行って、品木が坂西から、どんな話を、どの程度まで聞いているかを、たしかめる必要があった。坂西未亡人が、その事件をどんなふうに説明するか、それも聞いてみたかった。だが、もう一度、応氏珊希に会ってみたい気持——それも別に他意はなかったはずだ——が意識下にひそんでいなかったとはいわない。

私は、珊希や品木が何を考えているか、いや過去の人達の人間関係にまで首を突っこみ、個々の傾向のからみあいを、たどってみることに、いつしか胸を燃やしはじめたようだった。

『金果流』を読んだ影響も大いにあったに違いない。

私は品木渡の原稿を、大切に抽出《ひきだし》へしまいこんだ。これは一応、品木に返してやるつもりだった。そのときまでに、何故これが私の手を経由して、かれに返却されることになるか、そのもっともらしい理由を考えておかなければならなかった。それから私は房間《へや》に鍵をかけて、飯を食いに出かけた。

私は末広町へ出て腹をこしらえてから、そこらをぶらついて、時計貴金属商を、二、三軒ひやかしてみた。と、その中に一軒、一週間ほど前に、土耳古石の指輪の修理をたのまれたという店があったのである。

帳簿をしらべてもらうと、依頼者は同市宝町六番地、宋顧氏花央《そうこしかおう》、うけたまわり八月三十日、できあがり九月二日と、記録されていた。持って来たのは五十歳ぐらいの婦人で、取りに来たのも、同じ人物。その店では、はじめての客だという。石の大きさを聞いてみると、ちょうど、珊希の指輪ぐらいで、見事なものだったそうだ。

もちろん、偶然の一致かも知れないから期待はしなかったが、私はとにかく、その宋顧氏花央という女に会ってみる気になった。宝町六番地は、例の大耳降へ行くバスの発着所のちかくで、煉瓦建ての公学校の裏手にあたっていた。が、その番地では、宋顧氏などという家も、同居人も訪ねあたらなかった。附近にも、同名の人物は存在しないことが、やがてわかった。

宋顧氏が宝石商にたのんだ指輪の修理は、爪がゆるんで、ぶらぶらになった石を、しっかりとめることだった。そして、依頼主《ぬし》の初老の女が、どうやら偽名を使ったらしいことも、確実になった。

だが、その女は珊希と、何の関係もない、あかの他人で、土耳古石の指輪も全然、別物かも知れない。別物か同一物かは、その指輪を修理した職人に、珊希の指輪を見せれば、ほぼ確実にわかるだろう。が、その指輪が万一、珊希のものだったとしても、それが犯罪に関係があったとは限らない。まだ私は何ひとつ明確にしていたわけではないのである。

私は一度、下宿に帰り、台北で書肆《しょし》の応からもらった紹介状をとりだすと、また外出した。書状の宛名は応虞《おうぐ》氏《し》柯珊《かさん》となっていたから、それが珊希の母親である女主人の名に違いない。私はその家を前から知っていた。新公園わきの鳳凰木の並木道からカネ折りにまがった路地の奥に門のある、物寂びて見えるほど古い立派な家である。

案内を乞うと、痩せた四十がらみの女が出て来た。痩せてはいるが骨ぶとで丈夫そうな女で、髪の生えぎわのむだ毛を、より糸できれいに抜いた額《ひたい》をしていた。私はしばらく待たされてから、なかに通された。彫《ほり》のこんだ紫檀の家具を、ところせまく置いてある正庁で待っていると、七十にちかい年配の婦人が、さっきの女の手にすがって出て来た。

が、青綢《あおぎぬ》の光のある長衫《ツンサア》を着たこの人は、病人ではない。手を引かれていたのは纏《てん》足《そく》をしているからだ。ぬいとりのある青い絹《きぬ》の、かわいらしい鞋《オエ》をはいた足を、よちよちと運んで来る。台湾ではもう、よほど高齢の良家の人でないと、纏足は見られなくなった。むかし賞美されたものといっても、実際にこの小さな足を見ると、私たちはやはり奇怪に感じる。

この老夫人は、しかし、むかしは非常な美人であり、いかにも深窓の人だったらしい優しさを、眼肉の落ちた顔よりも、むしろ全身にただよわしていた。ただ、それは私の眼の前の椅子にぴたりと坐ってからの話で、不自由な歩行のあいだは、小きざみのふるえで、全身の箝が落ちてしまいそうだったのである。

召使いらしい中年女の髪は、よく見かける螺鬟《レエサン》という、いぼじり巻きだが、女主人は見馴れない手のこんだ髪型をしていた。これが大頭鬟《トアタウサン》というものかと思って、私は見た。齢《とし》にしては、すべて作りすぎているようだが、この人の場合は、すこしもおかしくなかった。むしろ美しいとさえいえた。老人のなかには古い時代のにおいを持った美しさで人をひきつける人がいるものだ。

この、椅子にかけて静止した瞬間の応虞氏柯珊も、何もかもがくすんで底光りのする大きな室の中央におかれた、古い時代の人形のように美しかった。すくなくとも一世紀前に、あの精巧な観音仏祖や地蔵王の神像をつくる職人がこさえた、人形だ。永遠の生命の美しさと無気味さが、彼女の周囲にただよっているように見えた。

柯珊夫人は日本語を話さなかった。田舎まわりの大人戯《しばい》の花旦《おやま》のような、ごつい中年女の、下手な通訳で話をかわした。その前に夫人は房間《へや》におき忘れて来たらしい、私がわたした紹介状を取って来させ、私の眼の前で、その漢文で書かれた応の書状を、もう一度ひろげて読んだ。もったいぶった仕草だったが、老夫人の場合は板についていた。

「台北の応家とは、ご懇意ですか」

「若主人の応君を存じあげているきりですが」

「お訪ねいただいた目的は、何でしょう」

「お近くに住んでましして、前から、ご蒐集の美術品のうわさを聞いてましたから、一度お訪ねしたいと思っていたのですが、ちょうど台北で、ご親族の応君にお会いしたもので……」

老夫人はうなずいた。渋い声できれいな台湾語を話している時も、侍女のまずい日本語に耳を傾けているあいだも、彼女は微笑をふくんだ眼を、私から離さなかった。

「蒐集品と申しても、もう、たいしてございませんよ。お好きなら、ごらんに入れますが、ご用はそれだけですか」

「いいえ。今日はご挨拶だけで、おいとまするつもりだったんです。それから、先日、大耳降で、お宅のお嬢さんにお目にかかりました」

「大耳降で……」

「ええ。北白川宮の遺跡を見物に出かけましてね」

「あの宮さまは、お気の毒なお方でした」

「お会いになったことがありますか」

「いいえ。こちらへ来られてすぐ、おなくなり遊ばしましたからね。初代総督の樺山伯爵には、少女《こども》のころ、お目にかかったことがあります。白いお髯を生やした、はれぼったい顔の方でございました」

老人らしくない青く澄んだ眼が、象牙色の顔の中で、遠くを見ているようだった。

「最近、お嬢さんにお会いになりましたか」

「珊希でしたら、もう二、三年、ここへ参ったことはありません」

「何故ですか。お嬢さんは二度も、ご主人になくなられたそうで、お気の毒だと思いますがね」

「あれは悪い子ですからね。知らぬ間に夫を不幸にしていたのに、ちがいありません」

「それは珊希さんが美しすぎるということですか」

「あれがもし美しいとしたら、美しい者は慎まなければなりません。わたくしどもの時代の女は、一生、家にひきこもって暮して来ました。あれは、そういう生活にむかなかったのです」

「珊希さんは、おくさまの意志に反して、仲村鰈満氏と結婚されたのですか」

「あれは台北の応家へ嫁《ゆ》くことに、なっておりました」

「立ち入ったことを、おききするようですが、珊希さんは二度目のご主人になくなられてから、何故こちらへ帰って来ないのですか」

「わたくしが、あれを家に入れないのです」

「それは、いつからでしょう。珊希さんのお話では、最初のご主人がなくなってからのようでしたが」

「そうかも知れませんね」

「何か、出入りをさしとめるような理由が、あったのですか」

老夫人は答えをしぶって、眼を伏せた。だが、珊希と縁を断っているらしいようすの老夫人にしても、彼女の身辺に起こった事件のニュースは知っているだろうし、彼女のことを聞きたがる訪問者を、ただの古美術愛好家とは思わないだろうから、私はかまわず、突っこんできくことにした。

「仲村鰈満氏がなくなったころ珊希さんは、ここに来ていましたか」

「ええ。それはおぼえています。拝々《パイパイ》の日に来て、二、三日おりましたようです。そのころは、まだここへ出入りしていましたから。中村さんは珊希の留守に、なくなられたのです」

「事故でなくなったそうですね。だが、かれの死に、珊希さんは何か関係があると、お思いですか」

「何故、そんなことを、おききになりますの」

「そんな話を、ある人から聞いたことが、あるからです」

「わかりました。坂西さんからでしょう。わたくしもそれは、みとめます。ですから、あの子に、ここへ来ることを禁じたのです。でも、ご存じなら、その話はもうしないでください」

ちょっと話がとぎれた。そのすきに、若い女中が茶をつぎかえに来た。大家の婢女《ひじょ》らしい、ふっくらした身ぎれいな娘だった。が、彼女よりも彼女のうしろから、ちょこちょこ、ついて出て来た小さな女の子のほうが、私の眼をひいた。まるで、中案卓《かざりだい》の上にかざる哪吒《なしつ》太子の神像を大きくしたような、きっぱりした表情の、美しい童女で、まだ二、三歳だろうが、機嫌がいいのか、にこにこしていた。

柯珊《かさん》夫人は女の子のすがたに眼をとめると、小さな牙彫《げぼり》のような手をパンパンと叩いて、子供の注意を引き、それから追い立てるような手つきをして見せた。童女は一瞬、はっとしたように立ちどまって夫人の顔を見たが、視線を私の顔に移して、じっと見ると、にっこりした。胸のあたたかくなるような笑い顔だった。が、老夫人の手がまた、きびしく鳴ると、童女はふざけておどされたときのように、小さな笑い声を立てて、出て来た幕《とばり》のほうへ、また、ちょこまか走って行った。

「お孫さんですか。かわいいですね」と私は心から、いった。

「長男の娘です。母親に死なれてから、わたくしが育てています」

老夫人は心配そうに見送っていた眼をかえして、微笑をうかべた。

「お父さんは厦門の大学に、ご在学中だそうですね。あちらへ行ったきりですか」

「はい。来年は卒業ですから、帰ると思います。神助《しんじょ》は珊希の兄で、ほかにも二人、姉妹がありましたが、死にました」

　老夫人はまた遠くを見る眼になった。

「それは、おさびしいですね。すると、ご家族は……」

「今日、ここで、あなたの眼にふれたのが、この家の全員です」と、老夫人は答えた。

　そろそろ汐どきだと思って、私は暇乞《いとまご》いをし、立ちあがった。そして、ふと思いだしたように、いってみた。

「宋顧氏花央という女を、ご存じありませんか」

「いいえ……」

「珊希さんは、たいへん見事な土耳古石の指輪をして、おいでですが、あれはお宅に伝わっていた物なんですか」

「ええ。あれは三百年ほど前に、淡水港がスペインの植民地だったころ、あそこから出たものだそうです。でも、それほど高価な石ではありませんよ」

　老夫人は笑いながら軽く答えた。別に何も気のついたようすはなかった。中年の侍女も、あいかわらず無表情だった。

　その正庁にこもっていた、頭の重くなるような芳香が、門を出てからも私のからだに沁みついていて、消えないような気がした。

いくら厳格な旧家でも、身寄りのすくない母娘が、いうほどきっぱり縁を切っていられるものか、信じられない気もした。が、私にはうかがい知れない別社会なのか。とにかく、宋顧氏花央は、柯珊夫人でも、その侍女でもないらしかった。老夫人は一人では簡単に歩きまわれない人だし、時計屋のいった人相や体格も、二人とはだいぶ違う。

私はそれから警察署に寄り、宋顧氏花央と名乗る女を探してもらうように、たのんだ。そこを出て、またバスの発着場へ行った時には、すでに日はだいぶ西に傾いており、大耳降行の終発に、やっと間にあえたくらいだった。

斜陽に燃えているような蕪雑な畑地や庄《むら》を過ぎて、大耳降街に着くと間もなく日が暮れた。だが、夕映がまだ空に残っているうちに、私は氷屋へ寄って、またサイダーを飲んだ。のどが渇いてもいたし、店番の美少女の顔が見たくもあったからだ。少女は私の顔をおぼえていて、親しそうに、いった。

「また来たのね」

「ああ、何か変ったことはないかね」

「ないわね。何故、変ったことを探すの」

「私の商売だからね」

少女はちょっと考える眼つきをした。

「やっぱりないわね。きのう、坂西のおくさんから、品木先生に渡す手紙を、たのまれたぐらいね」

「手紙を？　あの人達はまだ、親しくなってないのかね」

「そうらしいわね」

少女はちょっと、ませた、むずかしい顔をして見せた。そして弁解らしく、いった。

「でも、今日は品木先生、まだ見えないから渡せないわ。先生が来たときでいいって、おくさんがいうもんだから」

「これから品木くんの家へ行くから、渡してやるよ」と、私は軽く、いった。

かれらはどんな関係を続けているのか。恋文のやりとりでもして、もやもやした状態を楽しんでいるのだろうか。私はなんとなく苦笑しながら、少女が疑わずに持って来た封書の封を、彼女の眼をぬすんで、水でぬらした。中から無地の便箋が一枚、出て来たが、次のようなことが書いてあるきりだった。

林鐘十字文
鶩鼻将出雲

不在白衣裡
旧都再見君

五言絶句のような韻を踏んでいるが、まるで謎のような文句だ。いったい、かれらは何をやっているのだろう。私はこの詩のようなものを、そっと手帳に写しとって、また封をしなおすと、そこを出て、品木が二階の一間を借りている茶舗を訪ね、かれを呼び出した。

「私が台北の文化人たちと、つきあっていたことは、ご存じでしょう」

品木をバス停留所の食堂にさそい、あいかわらず軽薄な新聞記者の役をやりながら、私は早速、切りだしたのだ。

「あの大稲埕の応がパトロンで、やっていた文芸誌が休刊していることも、ご存じですね」

「ええ」

「ところが、あの雑誌の復刊は、もう、ちょっと不可能な状態なんですよ」

品木は、ほんのすこし驚いたように、顔をあげて私の眼を見た。確実な情報だというように、私はうなずいて見せた。

「実は、そのことで、あなたに相談しようと思って来たんだが、うちの社でも、いい新人をさがしてるんでね。ぼくはあの雑誌の編集者の水野くんに連絡して、あなたの原稿を送ってもらったんです。どうせ、あそこへおいといても反古《ほご》になるだけですからね」

　品木はちょっと不審そうに、私をみつめた。

「ええ。お作を拝見しました。なかなか結構なものじゃありませんか」と、私はすまして、いった。

「私はたいへん、おもしろいと思うんだが、ただ、あの話は現実の事件と、つながりがあるんじゃないですか。発表する場合、そこに問題があると思うんです。あれは坂西夫人の前夫、仲村鰈満の死にからんだ物語のようですが、あなたが台南で坂西さんと、はじめて会ったとき、聞いた話というのは、あのことなんですか」

「そうなんです」

　品木は顔をあからめて、下うつむいた。

「創作は坂西氏に聞いた話と、どの程度、一致してるんですか」

「事実をほとんど、そのまま使いました。あの人間関係に興味を感じたから、書いたんです。あのころはぼくにとって、あかの他人の話に過ぎなかったものですから、人物の名を変えただけで、創作欲を刺戟されたままに、書いて投稿までしたんですが、あとでひどく後悔して、雑誌社へ返送してくれるように、送料を送って、たのみました。が、まだ、そのままになってたんです」

そうだとすると、私が依頼する前に、水野は他の返送請求と十把ひとからげにして、品木のたのみも、ど忘れしていたのだろうが、ひどい奴もあるものだ。

「すると、品木くんは、あの原稿を発表する気はないんですか。だったら、一応、お返ししてもいいけど、惜しいな。だが、あれはすべて事実だと考えていいんですかね。あの話をあなたにしたとき坂西さんの創作も、まざっていたんじゃありませんかね」

「ぼくもあの時、それを確かめたんです。あまり奇妙な話でしたから。でも、そうじゃないと思います。坂西さんの真剣な態度から考えても」

「ふむ。すると、あなたの創作には書いてないが、事実は夫人の悪戯が赦せないような結果になったのだから、警察官としての坂西さんが、それに対してどんな態度をとったかが、問題になると思いませんか」

「しかし、それは同時に、夫人にとって予期しない結果でもあったでしょう。おくさんが、その事件の参考人として呼ばれたときに、坂西さんも友人として、つきそって行きました。そのとき坂西さんはおくさんと相談して、仲村鰈満氏が清水頭の海岸から無人島に渡ろうとした理由は、話さなかったそうですが、警察では遭難事故として扱って、別になにも怪しまなかったんですよ。仲村鰈満氏が漂流植物の研究のために年中、沿岸を歩きまわっている学者で、すこし奇矯《ききょう》な性格の人だということも、よく知られていたからなんです」

「なるほどね。だが、坂西さんは、あの人を道徳的にも非難しなかったんですか。悪い妻とは考えずに結婚したんですかね」

「さあ。ぼくはそうだと思うんですが。とにかく坂西さんはたいへん、おくさんを愛してましたからね」

「あなたも、ただおもしろい女として、坂西夫人を書いたんですか」

品木は、ちょっと、とまどったようすで、答えずにうつむいた。が、何か思いだしたように、つけくわえて、いった。

「あのとき、たしか坂西さんは、こんなことをいったと思います——そのころの自分には、あんな突飛《とっぴ》なことを、しでかしたユリの心理も、それに簡単に乗せられた仲村鰈満の心理も、よくわからなかったが、いまの自分にはわかる。だから、仲村鰈満のような気持にならないように、心がけている——」

「その坂西さんの言葉は、あの人の死と、何か関係があると思いますか」

品木はぞっとしたように、首を振った。

「いいえ。そういうわけじゃ、ありません」

食堂を出て、品木に別れると、私は暮れきった道を街の外側へ歩いて行った。氷屋の少女からあずかった手紙を品木に渡すことは忘れなかったが、かれらの関係の進《しん》捗《ちょく》の程度を聞くことも、手紙を眼の前で開封させて中に書いてある言葉の意味を聞いてみることも、さすがに遠慮された。

私はまた暗い様仔《ソワヤ》の並木道を歩きながら、珊希と品木渡の、あたらしい関係を妄想していた。妙な手紙の文句は、逢引の約束の暗号文でもあるのか、それとも下手な漢詩を作って見せっこでもしているのかなど考えた。まあ、品木を追及するのは後のことにしてもいいし、珊希からも何か引き出せるだろうと思った。

私は台南からこの街まで来る、かなり長い行程のバスの中で、ぼんやり考えて来たことを思いだしていた。男の持つ野望《アンヴィ》の問題だ。それには大きく二つある。こういうものになりたい、ということと、こういうものが欲しいということと、男の理想像と女の理想像である……

十年前の台湾総督は、大名行列をやり、民衆に土下座させて、ねりあるいたそうだ。総督は自己の理想像を実現するのに成功したのである。孔子やキリストのような真人《しんじん》のすがたは、人によればアンダー・ドッグの悄気《しょげ》た恰好に見えるかも知れない。ナポレオンや豊太閤のような存在が、鮮明な理想像をつくる場合のほうが、多いにちがいない……

男のあこがれの対象になるのは、偉大であると同時に、いつも多少、異常なもののようだが、女に対しても、男はいつも愛情の対象としての女を、求めているとは限らない。女の魅力というものを特殊化して考えると、やはりそれは異常なものになって来る。そして、それが柄のない刃物のように、危険なものであることに、男も女も気がつかない場合が多い——そんなことを、もう一度、反芻するように考えながら、私はやはり応氏珊希の場合をのみ胸にうかべ、すこしずつ興奮して来ていたのにちがいない。

私は暗やみに酔ったように歩きながら、ひやりとして、ふと立ちどまった。この道の続きで、ちょうど三月《みつき》前の六月六日の夜、坂西警部補が殺されたことを、思いだしたからだ。まるで通り魔のように、坂西を殺した者の手がかりは、三月たっても、何もつかめていないのだった。

とうとう、闇の中に茫《ぼう》とうかんでいる、あの家の前まで来た。私は妄想をはらい落とすように頭を振ってから、足もとに気をつけて正庁の戸口まで庭を歩いて行った。

まだ宵の口なのに、かなり大きな構えの家の中は、まっくらで、まるで寝しずまっているように、しんとしていた。声を立てて中の人を呼ぶのが躊躇されるくらい静かだった。実は声を立てるのが、ちょっと無気味でもあったのだ。暗やみに長いことい ると、頭がしびれて来る。私は叩くのをやめて、そっと扉にさわってみた。別にどうするという、きまった意志はなかった。

と、暗いので、それまでわからなかったが、正庁の扉はすこし隙間をあけて、あいていた。私は用心しながら、隙間をひろげ、そっと正庁の中にすべりこんだ。それもほとんど無意識の行為だったのだ。が、私は、はっとした。

家のおくで、ちらと光がさしたのだ。よく見ると、その光は動いていた。人がいたのだ。懐中電灯で、そこらを物色しているらしかった。泥棒かな——と、思うと、気持が落ちついた。私はそのほうへ歩きかけた。が、私の立てたかすかな物音が、光の主《ぬし》の注意をひいたのだ。

「誰だ！」

むこうの闇の中から叫ぶ声がして、かなり強い光のすじが闇を掃きながら私のほうへ飛んで来た。ちょっと眼がくらんだ。足音がちかづいて来て、意外そうにつぶやく声が聞こえた。

「なんだ。久我さんじゃありませんか」

男は手に持った電灯で、自分の顔を照らした。馮次忠の義眼の顔は、闇のなかで見るのに、あまり快適とはいえなかった。

「どうして、かぎつけたんですか、久我さん」

「なにをです」

「坂西夫人の失踪、ですよ」

馮巡査部長は気ぜわしく、そこらを照らして見せた。

「この家は完全にからっぽですよ。電球まで持って行ってしまってるです」

私は呆然と、動く光のあとを眼で追っていた。

「いや、私は知らずに来たんです。坂西夫人がまだここに住んでると思って、訪ねてみたんですよ。失踪というよりも、これはむしろ移転だね」

「坂西夫人は鄭用器の事件の容疑者ではないから、別に禁足は命じてなかったが、生活に変化のある場合は居住地の警察に届け出るよう、いわれていたです。それが、さっき来てみると、この始末です」

「あなたはどんな用事で、ここへ来たんですか」

「坂西夫人でも、品木さんでも、事件関係者の動静には注意はらっています。だが、不意、突かれました」

馮は恥じたような声で、いった。

「あとで、移転届けに来るかも、知れないでしょう」

「そんな、のんきなこと考えては、いられません」

「では、どうします……坂西夫人のゆくえを捜査しますか」

「警察権、用いることは、できません。いどころ突きとめる程度ですね」

「わかったら、私にも連絡してください」

私はわりに軽い気持でいったが、馮は珊希の行為に、ひどく憤慨しているようだった。居所を変えるのは珊希の勝手だから、馮のその気持は、私にはよく理解できなかったが、私も実は、すかたんを食って、その晩はもう何も、することがなくなってしまった。

私達は空屋《あきや》を出て、警察署のほうへ引返した。街の通りで馮に別れると、私はまた品木を訪ねてみた。品木はまだ珊希がいなくなったことを、知らないようだった。馮から、かれが直接その件を品木に知らせるまでは、だまっていてくれと、いわれていたので、私はそのとおりにした。

私が文使《ふみづか》いのひきつぎをした手紙について、きいてみると、品木は、すでに私が眼を通した内容を見せてくれた。その謎のような文句は、なんのことだか、かれにはまるでわからないし、いままでに珊希から手紙をもらったこともないと、品木はいった。かれのいうことは、うそとも思えなかった。

第七章　銀色の紙銭

五、六日、平穏な日が続いた。台南市は活気があふれ、内地人も本島人も元気に、この都市のいとなみを構成する生活を続けているように見えた。私は新公園のわきにある隠れ家で、しずかに暮し、よく眠った。

貪婪、執拗、冷酷、残忍、あくどく、しぶとい人間像ととりくんで送る日々の中で、どんな姿がもっとも印象に残るかといえば、それは小さな子供だった。私はまだ若く、独身で、もちろん子供を持った経験もない。が、つまり晴れた空や若い芽や新しい蔓のように、幼児の印象は完全に感能的だからなのだろう。かれらは純粋な生命のにおいを発散する。その美しさは、長い不毛の後に突然ひらく仙人掌《さぼてん》の花の美しさに似ている。

それに対比して考えると、私はまるで否定的な生き方をしていた。固定した精神、服従、虚偽、策謀……だからかも知れないが、幼児にたまらない魅惑を感じる。美しい女を持って来ても比較にならないくらいである。応虞氏柯珊《おうぐしかさん》の邸宅で見た、かわいい女の子の姿も、その後、何日か頭を去らなかった。

大耳降から戻った翌日、私はチョコレートの箱を持って、そこを訪れ、応対に出た中年女に――先日、オランダの藍絵皿を見せて頂いたお礼に、小さいお嬢さんへ――と、いって、それを渡し、だれにも会わずに帰って来た。だが、そのときも邸の奥にいるはずの、その幼児のことを考え、私の心は微笑していた。

そのかわり、大耳降で起こった事件や、その関係者の印象は、もう漠然として来た。旧家の慣習に合わない一人の美しい女が、沖縄出身の学者と結婚し、夫は調査旅行中に事故で死んだ。まだ若い女は再婚した。二度目の夫は、被支配者達にきらわれる警官で、暗殺された。女の周囲にいた二人の男の、一方が他方を殺して逃亡した……

別にふしぎはないのだ。ジェラアル・ド・ネルヴァルの意見とは反対に、女の詐術を糾弾するのなら話は別だが、それにしても、どれだけ珊希を責められるかである。すくなくとも彼女を葬ってしまう権利は、だれにもない。珊希が生きるためには変化が必要なのだ。そのために一時、大耳降から消えたのかも知れない――と、私は考えた。

チョコレートを持って行ったとき、ふと思い出して、珊希のことを中年女に、きいてみた。ひょっとしたら母親の家に来ているかも知れないと、いや、ほとんど来ているに違いないと私は思ったのである。だが珊希はまだそこに姿を見せていなかった。

さきほど、警察の人が来て、老夫人に面会を強要し、やはり、そのことをきいて行ったが、珊希嬢さんはもう大耳降にいないのか——と、私はかえって侍女から質問された。うそではないようだった。

珊希が実家へ帰らないのは、警察がすぐ、そこに目をつけることを考えて避けたのか、それとも母親を相手にする気になれなかったのか——とにかく、私の目的は珊希のゆくえをしらべることではなくて、彼女の姪にあたる女の子にチョコレートを届けに行ったのである。珊希の問題は忘れようと、私は思った。彼女は変った女だし、その周囲は秘密に充ちているにしても、好奇心以外に、それを探究する理由はないように思えたからだ。つまり、さしあたり、その必要はなかったのである。

とにかく一週間も、しずかに暮せるということは、私の場合、めずらしかった。あの、かわいらしい童女や等身大の人形のような老夫人が住んでいる重そうな家具のならんだ、うすぐらい室内を、そして、大耳降の氷屋のパーラーや、まるで地上の墓窖《はかぐら》のような宮さまの遺跡を、かわるがわる胸にうかべることはあっても、それらの情景が象徴するものを、深く考えることはなかった。私はのんびりと時をすごし、充分に眠った。

　この不時の休暇が打ち切られたのは九月十四日の晩で、大耳降署の馮巡査部長が突然、私の房間《へや》に訪ねて来たのである。

「しずかな、お部屋ですね」

馮次忠はするどい片目で、私が古道具屋から買って来た彩灯《ツアイテヌ》の吊るしてある房間の中を、物めずらしそうに見まわしながら、いった。

「何か、ありましたか」

　私はかれに椅子をすすめながら、きいた。

「黄利財が発見されました」

「ほう、それはよかった。黄は鄭用器殺しを自白しましたか」

「いや。発見されたのは黄の死体です」

　私は驚いて馮の顔をみつめた。その顔は例の、とまどったような表情を、うかべていた。

「いつ、どこで発見されたんです」

「きのうの朝、高雄州の海口《かいこう》という部落の、小さな廟《びょう》の中で死んでいるの、近所の者が見つけて、駐在所の巡査に知らせたのです。失踪中の黄利財の人相書が配付されていたので、巡査はそれと死体の特徴、見くらべ、よく似ていると思って、本部へ連絡したわけです」

「それで、わりに簡単に、死亡者の身許がわかったんですね」

「私はきのう、州警務部から通知うけて、ここの人たちといっしょに現場へ急行しました。海口の巡査の勘は、あたっておりました」

「他殺ですか……」

「状況は自殺です。死体の左腕に数ヵ所、注射の痕があり、そばに注射針と薬壜が落ちていましたが、そのどちらからも黄利財以外の指紋、検出されなかったです」

「死因はまた麻痺毒ですかね」

「ええ。昨日のうちに死体、台南に運んで、もう剖検おわりました。やはりコニン系統の毒物で、鄭の死因と同じだろうということです。本部の意見は自殺に決定しました。黄はとても逃げきれないと、さとって、覚悟の自殺、遂げたのです」

「あなたの意見は……」

「本部の意見は絶対です」

「なるほどね。だが、まるでコニンは黄利財の専売特許みたいですね」

「実際そのようです。警務部では、その事実、裏書きするような資料、最近みつけています」

「ほう――」

「五、六年前、この台南に黄山民《こうさんみん》という者が住んでました。その男の内妻の許氏夏絹《きょしかけん》とかいう女が急死したのですが、死に方がおかしいという近所の者の密告で、死体検証したところ、やはりコニン系の中毒死と推定されました。黄山民は蕃人の血がまじっているという、うわさのあった男で――それは蕃産物の土産物《みやげ》店、経営していたことが、あるからかも知れませんが――許氏が相当の資産持っていた事実から、謀殺の疑い受けたのです。だが、証拠不充分で不起訴になりました」

「その黄山民が、黄利財と同一人物だというんですか」

「確証はないのですがね。黄山民のその後の消息は不明です。が、容貌年齢などから見て、その見込みはほぼ確実なようです」

「黄の――黄利財でも黄山民でも、かまわないが――死亡時刻はわかってますか」

「死体が発見された時は、すでに死後二十四時間以上、経過していたという結論が出ています。つまり、十二日の夜半に死亡したというのが、所見書に載っている意見です」

「すると、黄は十二日の晩から現場に潜伏していたわけですか」

「そう。つまらない路傍の小さな廟でした。そこへもぐりこんで、野たれ死ににちかいかたちで自殺していたです。積悪のむくいですかね」

「その毒物は、注射なら、一度で死ねるんですか」

「やはり蓄積作用、必要とするそうです。現に黄の死体には、数ヵ所に注射の痕がありました。だから、二、三日、その廟にかくれていたのかも知れません。まるで見捨てられたような廟で、附近の人に聞いても、もう何日も前から、その廟にはいった者ないと、いうのですから。が、その中で黄が物、食ったような形跡はなし、かれが附近うろついているの、見かけたという者も出て来ませんでした」

「まるで、黄は大耳降署の留置場から忽然と消え失せ、海口の廟に忽然とあらわれた、みたいですね」

私の口調が皮肉に聞こえたのか、馮は片眼をあげて、私の顔をにらむように見てから、弁解するようにいった。

「まったく、死体発見は逃亡から、ちょうど十三日目です。そのあいだ発見されなかったのは、どこかに、かくまわれていたのでしょう。だが、その状態も続かなくなって、黄はたった一人で逃げまわる境遇におかれ、自殺する他なかったのだと考えられます」

「そういう場合、自首して出ることは、思いつけないもんですかね」

「死刑より自殺えらんだのでしょう。つかまれば、鄭用器のことばかりでなく、内妻殺しも明るみに出て、とても助かる見込みないと、考えたのでしょうね」

「大耳降の中毒事件も、やっと解決したわけですね」

馮は酒も煙草も飲まないというので、家主の牽手《カンチュウ》にたのんで、茶をいれてもらったが、それにも、ほとんど手をつけなかった。かれは腕時計に眼をやりながら、いった。

「だいぶ遅くなりましたから、そろそろ失礼します」

「わざわざお知らせいただいて、すみません」

「いいえ。警務部の命令で、ご報告にあがったのです。昨日はご連絡する間がなくて、失礼したとお伝えしてくれと、申されました」

というよりも、州警察は私を捜査に加えたくなかったのか、それとも私の存在を、ど忘れしていて、一段落がついてから思いだし、馮が大耳降に帰るついでに、私の住所を訪ねさせたのだろう。私は苦笑しながら、もう一度、礼をいった。が、馮次忠は、まだ椅子から立とうとしないで、妙な眼つきで私の顔をながめた。

「久我さんは、或る手紙、品木先生に渡しはしませんでしたか」

「ええ。どうして知ってるんです」

私はすまして、ききかえした。

「氷屋の女の子でも、しらべたんですか。そうすると、坂西夫人の移転先はまだ、わからないんですね」

「夫人も、あの家にいた女中も、行方不明です。あなたはもちろん、氷屋であずかった坂西夫人の手紙の内容、品木先生に渡す前に、ごらんになったと思いますが、それ、お知らせ願えなかったのは残念でした。ワタシたちの捜査に、ご協力いただけると思っていましたのに」

「もちろん、そのつもりですが、あの手紙がそれほどの物とは思わなかったんですよ」

私は苦笑して見せた。

「いったい、その手紙には、どんなことが書いてあったですか」

「おや。あなたは品木くんから、もう、あの手紙をとりあげていると思ったが」

「品木さんも、だまって消えてしまったのですよ、きのう学校に臨時休暇願い出して、茶舗の二階に荷物おいたまま。きのうの午後、台南行のバスに乗ったの、氷屋の少女が見送っています」

私は一瞬ぽかんとし、それから失笑しそうになった。品木と珊希のあいだに、前から何か黙契《もっけい》があったような気がしたのだ。

「ワタシは、さっき剖検の発表、待つあいだに一度、大耳降へ報告に帰ったです。あの事件が今日中に、記事解禁になることが、決定したものですからね」と、馮は続けて、いった。

「そうしたら、公学校長からの届け出で、品木さんが昨日、はっきりした理由もいわずに休暇とったことや、下宿にも一週間ばかり旅行するといって、出かけたことが、わかったのです。坂西夫人と品木さんは、前から連絡とっていたのじゃ、ありませんか。あなたは手紙の内容、記憶しておいでですか」

私は手帳をとりだし、例の妙な詩が写してある部分をひらいて、馮に渡した。馮はしばらくそれを見つめていたが、首をひねりながら、いった。

「これはいったい、何のことですか。なにか暗号ですかね」

「林の中の鐘に、十字の模様が彫ってある――と、いうんですかね。私にもわかりません」

馮は自分の手帳を出して、ていねいに私の下手な文字を写しながら、また首をひねった。

「どうも、ふしぎな人たちですね、あの二人は。ワタシには坂西夫人や品木さんのような人は、どうもわかりません」

わからないということは、不安な状態なのだ。警察官の不安は、相手方の得《とく》にはならない。

「だが、鄭の事件はもう、かたづいたようだから、あの連中は野ばなしにしても、かまわないんじゃありませんか」

「それはそうですが、坂西夫人は大耳降の家、引きはらっても、台南の応家へ顔出しもしていませんからね。ただの移転とは思えません」

「私もこないだ、応家を訪問してみたんだが、由緒ありげな人達ですね」

「ええ――応虞氏柯珊夫人の父親、つまり坂西夫人の祖父にあたる人は、台湾鎮定のとき軍の先導つとめて、お国のお役にたった、有名な応義堂ですよ。ところが、その息子の応喬山――つまり柯珊夫人の夫――は、ひねくれ者で、若いころ、羅福星や李阿斉にかぶれて、紅頭《アンタウ》（祈禱師）、煽動《せんどう》して匪乱《ひらん》、起こそうとしたことがあるのです。父親の七光《ななひか》りで罪はまぬかれたそうだが、それには柯珊夫人の苦労のおかげも、あったのでしょうね」

「あの人形のような上品な老夫人も、相当つらい人生を送って来ているんですかね」

「喬山は昭和のはじめに死ぬまで、注意人物として、マークされていたのですからね。それで、老夫人は長男の応神助さん、温厚な紳士に仕立てるつもりで、良家から嫁もらって、会社につとめさせたのですが、神助さんは若いおくさんに死なれると、会社やめて、厦門《アモイ》の米系大学で勉強のやりなおし希望したので、老夫人はまた小さい孫さんと、二人暮しになってしまったという、わけらしいですね」

「暮しに不自由はなくても、幸福な人とはいえないようですね。あなたは応神助さんに会ったことが、あるんですか」

「ありません。が、人の話では物がたく、おとなしい青年だということです。妹の珊希さんのほうは、父親の喬山に似たのですか、奔放というような性格のようですがね。神助さんには姉が一人と、妹がもう一人いたらしいですが、二人とも病死したそうですよ。珊希さんが末っ子なのです」

馮次忠は事務的な話し方で、一週間前に訪ねた、あのうすぐらく、おもおもしい家に、一人の女がとついでから過ぎ去った半世紀の生活を、簡潔に描きだしてくれた。

かれを戸口まで送って行き、また、さびしいほど静かな房間に、ひとりになると、私は老夫人の青光りする絹《きぬ》の長衫や、小さな青い鞋《くつ》や、片耳にだけさがっていた珊瑚のイヤリングや、手にしていたレースの手巾などを、胸にうかべた。あの暗い家の中では、あざやかな色彩しか眼にうつらなかった。そして、ヴェラスケスの描いた皇女のような孫娘。

ニスを塗った画面のような家庭から、かえって珊希のような、あざやかな性格が生れ出るのかも知れなかった。いや、私はもうすこし彼女の性格に、強いタッチを加えて浮きあがるようにしなければ、ならないのではないかと思った。私は卓櫃《つくえ》の上に投げ出してあった手帳を取りあげ、馮が熱心に写して行った頁をひらいて、読んでみた。

――林鐘十字文《りんしょうじゅうじのぶん》　鵞鼻《がび》将出雲《まさにくもをいでんとす》　不在白衣裡《びゃくえりにあらざれば》　旧都再見君《きゅうとにまたきみにまみえん》

今度は声に出して読んだ。

「林鐘十字の文、鵞鼻まさに雲を出でんとす。白衣裡にあらざれば、旧都にまた君にまみえん――か、いったい何の意味だ」

急に私の注意力が集中した。この中で私にわからない熟語は、林鐘という言葉だけで、あとは言葉としては、みなわかるものだという、つまらないことに気がついたのだ。私は珊希の置き手紙を、そのときまで、あまりまじめに考えてはいなかったのである。

が、最初の一句を除けば、あとは一応、文句になっていた――鵞鳥の鼻が、いま雲から出ようとしている。白い衣を着ていなければ、旧い都で、また、あなたにお会いできるだろう——妙な文句だが、とにかく、そういっている。五言絶句体で韻も踏んでいるし、起承転結も、ちゃんとできていて、これは四行詩の体裁で、はっきり、あることを言おうとしているのでは、ないかと考えた。

そう気がつくと、次に何をしなければならないかも、すぐに胸にうかんだ。冒頭のわからない言葉を、辞書で引くことだ。その言葉は、私の持っている漢和辞典にも載っていた。林鐘——六月の異名——と、出ていたのである。

——六月の十字もよう。鵞鳥の鼻が雲を出る。白い衣を着なければ、旧都（おそらく台南）でまた会いましょう——と、私は訳しなおして見て、はっとした。黄利財の死体が発見された、海口という部落は、台湾の南端部の西海岸にあることを、思いだしたのである。

すると、六月の十字模様とは何であるか、すぐ頭にうかんだ。台北デパートの、包み紙の図案にも描きこんである、南十字星にちがいない。台湾でも初夏の頃から、南十字星が見える。だが、南部へ行かなければ見られない。そこで——林鐘十字文は、初夏の南十字星で、この詩の起句は天象をあらわしているから、次の承句がこれを受けて地象をしめすものとすれば、第二句の意味はすぐにわかる。

鵞鼻は、台南の南端に突出する、鵞鑾《がらんび》鼻、猫鼻、両岬のうちの、鵞鑾鼻を詩語に略したもので、将出雲は鵞鳥にひっかけた形容にすぎないのだろう。つまり起承二句は――初夏から南十字星が空にかかり、鵞鑾鼻岬が突出するところで、本島の南端、恒《こう》春《しゅん》地方をさしているのに違いなかった。

ここまでわかったし、結びの句は、別れる人に送る詩として穏当なものであるから、問題はないが、三行目の転意の句――白い衣を着なければ――というのが、わからなかった。そこだけ、わからないままにして読んでみると、こうなる。

――私は恒春郡へ行くが、そこで白い衣を着ることにならなければ、また台南で、お目にかかりましょう。

こうなると、不在白衣裡の一句が、どうも気になるのだった。五、六日、早寝ぐせがついたのを楽しんでいたのが、その晩は馮次忠が突然やって来て、かき立てて行った謎のために、夜が更けても、なかなか眠床にあがる気になれなかった。

私は中埕《なかにわ》を通って家主の家の、裏口の扉を叩いた。牽手《かみさん》があけてくれた。家主の夫婦は毎晩かなり遅くまで、灶脚《だいどころ》のとなりの、眠床のおいてない房間《へや》で、起きていた。風通しのわるい室には、夜ふけの空気がよどんで、六仙卓《ラクシエヌトオ》の上に、銀色にチカチカ光る紙が、とりちらかしてあり、それは灰固《たたき》の床の上にも、こぼれてちらかっていた。

家主は劉《りゅう》という初老の男で、すこしばかり地所を持っていたようだが、何もしていないので暮しはあまり楽でないらしく、だいぶ年のちがう牽手《かみさん》が銀紙《ギヌソア》貼りの内職をやっていた。

銀紙というのは、四角に切った粗紙のまんなかに銀箔を貼ったもので、葬式や法事、または雑鬼《むえんぼとけ》を祭る時などに、これを焼いて仏に送るために使う、つまり、あの世のお金なのである。種類や使い方も、いろいろあるようだが、聞いても私には見分けがつかなかった。

劉は室の隅で、土豆仁《なんきんまめ》をつまみながら、金鶏をちびりちびり、やっていた。ひどく無気力な男だが、若いころは書房《てらこや》の先生をしていたそうで、この年配の本島人は老荘思想の影響を受けている者が多いが、この男も相当の読書人と考えて、私は珊希の書いた詩句の意味を、きいてみようと思ったのだ。

「やあ、まだ起きてたんですか」

暗い灯のともっている房間にはいって行くと、私はすぐ劉に声をかけた。

「おや久我さん。いっぱい飲《や》りませんか」

劉は貧乏していても、いつも機嫌のよい男だった。老荘の影響かも知れぬ。だが、かれの楽しみを、はしけるのは本意でないから、私は辞退した。それよりも、持ってきた手帳を、ひらいて見せた。

「この詩を読んで、意味がわかったら、教えてくれませんか」

「これは詩ですかな」

劉は、しかめた眼で手帳を見て、いった。

「妙な文句ですね、燈猜《なぞ》の類なのかな。わたしにはどうも、はじめの二行の意味が、わかりませんな」

「私には第三句がわからないんですが」

「不在白衣裡というやつですか」

「白い衣を着るというのは、それだけの意味のほかに、なにか寓意がありますかね」

「白衣裡にある、とか、白衣裡の人という表現は、よく使いますよ。それはね、死を意味しているのです」

劉は、六仙卓《ラクシエヌトオ》の上の銀紙《ギヌソア》の方へ顎《あご》をむけながら、いった。私はなんとなく、ぎょっとして、その陰気な内職の材料のほうに眼をひかれた。応氏珊希は何故――もし死ななければ――などと、書いたのだろうか。

第八章　緑の獅子

翌日、私は台南駅から汽車に乗り高雄市にむかった。高雄は内地人が造った熱帯唯一の貿易港で、台湾の大都市の中では、いちばん日本人の体臭を感じる町である。私はそこの州庁に出頭して、必要な手続きを終えると、ちょうど理蕃《りばん》課のトラックが、恒春郡の蕃地まで木炭の集荷状況を調査に行くということを聞いたので、それに便乗させてもらうことにした。助手台に乗れというのを、ことわって、私は荷框《がきょう》にあがり、いくつかの庄《むら》を、ゆられながら過ぎて、長さ東洋一といわれる下淡水渓《しもたんすいけい》の人道橋をわたり、屛東《へいとう》市にはいった。

助手台に乗って来た理蕃課の役人に、ちょっと寄りたいところがあるが、というと、かれも市役所に寄る用事があって、そのために、どうせ小一時間は要するという。好都合だった。市役所の前で州庁の役人をおろすと、私は運転手にたのんで、電力会社まで行ってもらった。車上から見た屏東市は、道路もひろく、棕櫚の並木があったりして、モダンな感じだった。

台南で品木の就職の世話をやいた人の所在を私は前もって突きとめておいたので、その朝、その人物を訪ねてみると、品木が最近かれのところへ姿を見せていないことは、わかった。高雄州下に品木の知合いはないかと、その人にきいてみると、電力会社の社員で屏東の支所につとめている男がいるが、その男ぐらいなものだろうと、教えてくれた。吉川という、品木には学校の先輩にあたる人だということだった。

市役所も電力会社の支所も、この町の建物は他の都市とはちょっと違った感じで、本島でも最も南にある新興都市という、市長の自覚のせいか、馬西海峡のかなたにあるフィリッピンや、東南アジアの都市を思わせるようなところがあった。トラックの運転手の話では、人口もすでに高雄市の半分はあるということで、熱帯圏らしい、すっきりした、と同時に大味《おおあじ》な感じの近代都市であった。

あいにく吉川氏は支所にいなかった。社用で昨日から高雄市へ出張中だという。行きちがいになったわけである。私は事務所で、社員寮のある場所を聞いて、そこへ車をまわした。

電力会社の寮は、コンクリートの塀でかこった二階建ての、明るい色に塗った瀟洒なアパートだった。吉川氏の夫人は四十がらみの、顔の大きな、気さくな女だった。吉川氏は資材課長だというから、夫人と同年配だろう。子供は男女一人ずついて、屏東市の小学校に通っているという。

吉川夫人の話で、品木渡が十三日の午後おそく、同家に顔を出し、一泊して十四日の朝、行先もはっきりいわずに、出て行ったことが、わかった。品木は、七月に大耳降の公学校へ就職したばかりなので、夏休み中、勉強の遅れている二部学級を担当して暑休を返上したために、一週間ばかり休暇をもらって、まだ見ていない地方を見るためにやって来たのだと、いったそうである。本島の初等学校が校舎不足で、二部制をとっていたことは事実だが、品木が夏休みを返上したことは知らなかった。まんざら嘘ではなかったかも知れない。

私も運転手も、吉川夫人から日本茶をご馳走になり、礼をいって、そこを出た。ほんのわずかの時間だったが、大会社の社員の、わりあいに優遇された生活を、私はそこに見た。設備のよい近代的な寮には、暑気と沈滞が住み、狭い庭いっぱいに竜舌蘭《リエンチイラヌ》が茂り、コンクリートの塀の内側には、手のひらぐらいの大きさの蝸牛《かたつむり》が、うようよ這いまわっていた。

高雄州庁のトラックは屏東市役所に寄って同行者をひろい、また南へむかった。潮州は、品木渡の創作——いや、応氏珊希、当時は坂西ユリの創作というべきか——に出て来る、清水頭附近の無人島に幽閉された女、李氏晶秋の郷里である。が、トラックは潮州の街路をすどおりした。しばらく行くと、道がひろびろした湖の中に、かかっているように見える場所に出た。鄭成功の子、鄭径《ていけい》が奨励したという、虱白《サッバク》などを飼養する魚塭《ぎょうん》（養魚池）なのだろうが、そこを通りかかると、頭上でガラガラという爆音が聞こえ、下駄ばきの水上機が一機、海のほうへ飛び去るのが見えた。

機影のあらわれた陸地一帯は広大な高雄バナナの耕地で、消え去った方角に、東港があるのだと、屏東からは私といっしょに荷柾《がきょう》に乗った理蕃課の役人が、説明してくれた。

そこを過ぎると、次は内埔《ないほ》の町だ。私達は廟の前の小さな広場に車をとめ、そこにある市場にはいった。屋根だけがあって、四方あけはなしの、どこにもある市場で、野菜や果物、豚の鼻面《はなづら》などが、並んでいた。内埔の市場は公道のはたにあり、品質のよい西瓜《すいか》やバナナがいつでも買えるので、定評があるということだった。

腹をすかしていた運転手につきあって、私達はそばを注文し、縁台にこしかけ、通行人をながめながら食った。大麺《トアミィ》は塩味の汁に入れてあったが、旨かった。蘭の花びらのような、まっしろな貝の身が、はいっていた。はじめて食う貝だった。音に聞く、西施《せいし》の舌という別名のある沙蛤《さこう》は、これではないかと思った。

　このあたりは広東系が多いとみえ、背の高い、しゃっきりした広東人の女が、連れだって日なたを通った。彼女達はいかにも南方人らしく、大まかな大裾をゆったりと着て、歯を真赤に染めていた。檳榔《ヒエヌヌン》の実をかむ習慣があるためだ。

　大麵《トアミイ》の代金は、車に乗せてもらう礼ごころで、私がはらった。私達は市場の屋根の下を出て、炎天においたトラックに、また乗った。

　車はやがて海岸線に出た。長いあいだ荷框で日に照らされ、疲れて眠くなった眼を、私は海と丘陵群の、すばらしい景観に見はらされた。そして、うとうとしているうちに時どき、海岸の町を通りすぎたが、前後の関係はよくおぼえられなかった。注意されて車上から、ふり返って見た乃木将軍上陸記念碑は枋景だったか、楓港だったか、とにかくその辺の庄《むら》には、いかにも南国らしく、前面を桃色に塗り、色漆喰で大きな模様をつけた商家などがあって、明るいながめだった。

　はっきり眼にのこったのは、獅子頭附近の風景である。しばらく眼をはなしていると、もう色の変ってしまう海面や、その海の浸蝕に拮抗するように、大きく身がまえている丘陵の群が印象的だった。わりあい、なだらかな形の丘が二つ重なっているのを、手前から見ると、巨大な緑色の獅子が海に頭をむけて寝そべっているように見える。それが地名の起こりだというが、説明されないでもわかるほど、自然は巧妙に獅子王のすがたをエスキースしていた。

陰気な林投《ナアタウ》がむやみやたらに繁った崖の中腹の道を通ったときもあった。たしか、そこを過ぎてから楓港の町にはいったのだと思う。というのは楓港は、もと風港と書いたというほど、風の強いところと聞いていたが、日が海の上にまわって、募りだした風が、小石まじりに吹きつけて来るのを避けるため、私達がそこで日覆《ひよけ》をかぶったのを、おぼえているからだ。

私は日覆をかぶって、荷框に寝ころんでいるうちに、トラックのはげしい揺れも忘れて、ほんとうに眠ってしまったらしい。予定どおり、海口で起こされ、庄役場の前で、荷框から飛びおりた。そこで私は、牡丹社の蕃人部落へ登って行く州庁のトラックを見送り、役場へはいって行った。

さいわい高雄から来た新聞社の連中は、もうみんな帰ったあとだった。私は雇員《こいん》に、利財が自殺したという廟の場所を聞き、行ってみた。部落の中心からは、ちょっとはずれた、海岸道路の裏側を通っている道のはたに、その廟はあった。廟というのも名ばかりで、有応公《むえんぼとけ》をまつる屋脊《やね》のひくい祠《ほこら》だった。壁ははげ落ち、瓦の庇《ひさし》は崩れ、扉の錠も久しい前に毀《こわ》れたまま、ほうってあるらしい、さんざんのていたらくなのだ。

私は、うす暗い廟の中を、ひとわたり、しらべてから、そこを出て駐在所へ行った。死体の発見に立ち会った君津という若い内地人の巡査は、折よく非番でなかった。

「黄の死体を発見したのは、誰ですか」と、私は君津巡査にきいてみた。

「廟のちかくにある民家の主人です」

「最近、あの廟にはいった者がないというのは、ほんとうかね」

「あんな見捨てられたような廟は、いたるところにありますよ」

「そうだとすると、その民家の主人は、どうして死体を見つけたんですか」

「さあ、おそらく偶然でしょう」

巡査はびっくりしたように、私の顔をみつめた。誰もまだ、そんなことを考えてみた者はない、というように。私は疑問を補足した。

「錠前はこわれていたらしいが、廟の扉は一応しまっていたのでしょう。そうすると表を通っただけでは、廟の中は見えませんね。その民家の男は顱廟《びょうもり》かなんかですか」

「あの廟に、そんな気のきいたものは、いませんよ」

「その男に会ってみたいが、案内してくれますか」

「あなたは新聞社の人でしょう」

巡査はちょっと面倒くさそうに、いった。

「その男は道ばたの家に住んでる、私も前から知ってる男で、怪しい者じゃありません」

だが、州警務部でもらって来た添書《てんしょ》を見せると、巡査は顔つきを変え、先に立って駐在所を出た。

「その男は日本語をうまく話せますか」

「さあ。うまいとはいえないでしょうが」

「きみは本島語ができますか」

「いくらか、わかる程度です」

「では、話がわからなかったら、通訳をたのみますよ」

話しながら私たちは、淋しい裏道路の辻の角にある小さな家の前に来た。辻といっても、他の三方に家はなかった。その民家は有応公廟《むえんぼとけ》のほうに背をむけているので、横手に出なければ廟は見えなかったが、それが廟にいちばん近い建物——というよりも、その辺には他にほとんど人家がなく、貧しい防風林を越して、海の風が道路に吹きつけていた。

若い巡査は遠慮なしに私を、その家の、まるで煉瓦のむろのような貧乏くさい正庁へ招じ入れ、大声で人を呼んだ。正庁といっても、埃まみれの粗末な中案卓《かざりだい》が、申しわけのように隅においてあるだけで、土間には箕《み》や魚網などが、ちらかっていた。

出て来た主人は四十歳ぐらいの、きょときょとした態度の小男だった。

「高雄の州庁から、おいでになった方だよ。死体を見つけたときのことを聞きたいそうだ」

君津巡査が私を紹介すると、主人は無理に愛想よくしているような顔で、私をみつめた。つまらないものを発見したおかげで、かれは相当、疲労させられていたらしい。

「どうして、あなたは死体を見つけたのかね」と、私は早速、たずねた。

「廟あけてくれ、たのまれたです」

主人は、はじめての質問にぶつかったように、眼をきょろきょろやってから、答えた。

「誰に、たのまれたんです」

「十三日、朝――起きたら、戸を叩く者ある。あけてみたら旅の人、立ってました」

「その人に、廟の扉をあけてくれって、たのまれたというんだね。だが、扉は錠がおりてなかったんでしょう。はいろうと思えば、はいれたね」

「ただ、はいる、ない。葬式したかった」

「へえ……その旅人は何者だね」

「搬戯的《ポアヒイエエ》よ」

「なんだって……」

「役者ですよ」と、君津巡査が引きとって、答えた。

「そういえば私も、知らせを受けて廟へかけつけたとき、その前にたかっていた近所の人にまじって、妙な一行がいるのに気がつきましたよ」

「妙なって、どんな――」

「水牛車が一台、人間は六、七人いましたかね。車の上に衣装籠などといっしょに、粗末な紅氈《こうせん》をかけて積んであったのは、たしかに棺だと思います。麻布《あさぬの》の彩旗や、青竹に吊った託灯《ちょうちん》を持っていた者も、いました」

「そうです」と、煉瓦の小家の主人が、また引きとって、いった。

「ここへ来た男といっしょに、廟の前へ行ったら、その人たち、かたまって休んでましたよ」

主人は落ちついたと見え、日本語がほぐれて来て、次第に雄弁になった。

「その人達、搬戯的《やくしゃ》です。旗山の石郎軒《シアロンヒエヌ》いう大人戯《トアラヌヒイ》の戯班《いちざ》です。楓港の葉さんという金持の家、子供うまれた祝いに招ばれて、重陽《ヤンヤン》の日に破洪州《ポオハンチュウ》(出生祝いの劇題)見せてから、恒春行く途中だったそうよ」

「で、その戯班《ヒイパヌ》が、葬式の準備をしていたといぅんですね」

「そう、水牛車に棺《コア》、積んであったよ」

「だれの葬式を出すつもりだったのかね」

「戯班《いちざ》の花旦《ホエトア》よ。若い女の役する撥戯的《ポアヒイエエ》よ。マラリアかかっていた。旗山からついて来て、楓港で死んだ。無理したですね」

「その、なんとかいう戯班は有名なのかね」

「石郎軒《シアロンヒエヌ》、ここらで有名よ。わたし見たことある。頭家《タウケ》（座がしら）の石郎、うまいよ」

「だが、その旅まわりの芝居の一座は、何故、あの廟の扉をあけてくれと、いったんだね」

「それね、花旦《ホエトア》の死んだこと、葉さんにいうの、遠慮したのよ。お祝いの時なのでね。で、棺《コア》買って、恒春まで持って行くところだったのよ。祭起馬《セエキイペエ》（供養）だけも、早くしたいと思って、あの廟めあてに来たのよ——あの廟、顧廟《コビオ》も司公《サイコン》もないいうと、頭家《タウケ》こまったよ。わたし気の毒なって、廟の戸あけてやって、先にはいったら、行きだおれの鋪仔《ポオアア》（死体）あったのよ」

実際の説明は、もっと難解だったのだが、熱心に話してくれたので、話のすじみちは理解できた。私は君津巡査をふりかえった。

「きみは、その戯班《ヒイパヌ》の一行を、尋問してみましたか」

「はあ、一人で、なかなか手がまわらなかったのですが、多少のかかりあいはあると思って、代表者をしらべてみました。旗山の林石郎という男です。正生《チアシエン》（立ち役）で、この辺では人気があるそうです。いま、この男の話したような事情で、あの廟の前を通りかかったから、早く供養だけでもして行きたいと思って、立ち寄ったといってました。私が行った時は、もう供物があがっていて、竹香が煙り、銀紙を焼いた痕もありました」

「それから、かれらはどうしました」

「恒春が次の興行予定地で、早くそこまで死体を運んで行きたいというので、別にさしつかえないと思いまして……」

「出発を許可したんですか」

「許可したわけじゃありませんが、はっきり足どめもしませんでした。私が駈けまわっているうちに、かれらは出かけてしまったらしいのです。水牛車をひいて恒春街道のほうへ行ったそうです。かれらはきっと、まだ恒春庄にいると思います」

「きみはその棺の中を、しらべてみましたか」

「いいえ……」

君津巡査は、呆気《あっけ》にとられたように、眼をみはった。

「でも、何故です」

「この人が廟の前に行った時、一行はもうそこにいたと、いうんです。廟の扉は、錠前が毀《こわ》れていたでしょう」

「すると、一座が運んで来たのは、黄利財の死体だと、おっしゃるんですか」

「ひょっとしたらね」

君津は呆然と私をみつめたが、その顔が急に青ざめて来た。私はいたわるように、いってやった。

「だが、ほんとうに花旦《ホエトア》の死体だったかも知れない。これから楓港の葉という家まで行って、その石郎軒戯班《いちざ》のことを、しらべて来てくれませんか。花旦が病死、納棺した事実があるか、黄利財らしい男が、一行にまじっていなかったか、どうか。ついでに、水牛車は最初から戯班が持って来たものか、それとも葉家で借りたのか、その点もきいてみてください。じきに日が暮れそうだから、私は四重渓《しじゅうけい》まで行って泊ることにします。明日《あす》の朝、知らせに来てくれますか」

「わかりました。責任をもって、いたします。一度、駐在へ帰って、すぐ出かけます」

「たのみますよ」

私は、その家の主人に礼をいって、そこを出ると、すこし行ってから君津巡査と別れ、一人で役場へ寄った。海の上の空は、まだ少女のため息のような甘い薔薇色をしていたが、役場の中には電灯がともり、雇員《こいん》もほとんど帰ってしまい、五十がらみの男が一人、宿直なのか、残っているきりだった。

「ここから四重渓まで、何か乗り物がありますかね」と、私はきいた。

「車城の郵便局前まで行けば、まだ最後のバスに間にあうと思いますがね」

「途中で、ちょっと調べながら行きたいので、ハイヤーはありませんか」

「ありませんな」

親切そうな中年の書記は、自分のことのように眉をひそめたが、ふと思いだしたように、

「いましがた屛東の飛行隊のトラックが来て、恒春まで行くといってましたが、魚を仕入れて行くなんていってたから、まだいるかも知れません。ちょっと見て来ましょう」

書記は気やすく飛び出して行ったが、二、三分で戻って来た。

「車はそこの坂の下にいます。三十分後に出発するそうで、便乗させてくれると、いってます」

「それはどうも、ご親切に」

「いや。まあ一服していらっしゃい」

台湾も南のはしの寒村にいる内地人らしく、人なつこい男で、いれてくれた茶は安物の包種茶だったが、湯のわかし加減にも人柄がしのばれた。男は暢気らしく、きいた。

「おすまいは、どちらですか」

「台南です」

「台南には、わたしも十年以上住んでいましたよ。お仕事はやはり新聞関係で……」

「いや、私は州庁の嘱託で、民情調査をやっているんです」

「なるほど――」

老いかけた書記は、私の嘘に、すなおにうなずいた。

「楓港から、ここまで来るあいだに、廟はひとつもないのですか」と、私はふと思いついて、きいてみた。

「海岸線には、ないようですな」

「恒春までには、いくつもあるでしょうね」

「いや、車城や四重渓をのぞいては、山の中ですから、わりあいにありませんよ。廟の調査をやっておいでですか」

「ええ、恒春に変った廟があるというので、そこへ行ってみるつもりなんですが。ここへは、今朝の新聞で例の事件のことを読んで、好奇心でちょっと寄ってみたんです」

私はまた、でまかせをいった。と、相手がうなずいて、すぐ乗って来たのには驚いた。

「ああ、その変った廟というのは、城外の天神廟でしょう」

「ええ。ご存じですか」と、私はあいまいにバツを合わせた。

「知ってますとも。わたしは恒春の役場の者で、ここへは臨時に手伝いに来てるんですから。もっとも、わたしもそんな事をしらべるのが好きなほうだから、知ってるのかも知れませんがね」

書記は人なつこい微笑をうかべて、得意そうにいった。

「あの廟はもとは城内にあったんだそうです。唐末の英雄、李順春をまつったもので、一般には将軍廟《チョンクヌビオ》の名で知られています。清朝の末期に起こった土匪の乱で焼かれて、いまの場所に再建されたのは、明治の末年だということですね」

「私はよく知らずに、行ってみるんですが、あの廟が変っているというのは、いったい、どんな点なんですか」

「鎮殿王（主神）の像が、ひどく変ってるんです。将軍爺の像にしては、おかしいんですよ――どう、おかしいかは、お楽しみに、いわずにおきましょう――どうせ、いらっしゃるんだから。それに廟の縁起《おこり》も、李将軍とは関係のない、怪奇的な話なんですよ」

「どんな話ですか」

「むかし、恒春庄に住んでいた、李という男の飼猫が、近所の男たちに殺されたという、まあ伝説なんですがね。ところが、その後、猫の亡霊が時どきあらわれて家畜を殺したり、人間に祟《たた》って病気にしたり、しまいには猫のなき声を出し、猫の真似をする病人まで出て来る始末です。庄民はたいへん恐れて、童乩《タンキイ》をたのんで、うかがいを立ててみると、自分を神として祭れば、わざわいしないといったので、その廟を建てた、ということになっているんですよ」

「すると、猫の廟なんですか、そこは」

「由来ばなしによると、そうなんですがね。祭日はたしか八月十四日で、供物は生魚や生肉です。むかしは伝染病や飢饉年に霊験があったそうですが、遷座後は成績がわるくなったのか、いまではもう廃《すた》れかけて、顧廟《かんりにん》にもなり手が、ほとんどないそうですよ」

「へえ……そうすると、台湾にも化猫の話があるんですね」

「猫が死んだとき、すぐ樹の枝に吊るして、日ぼしにしてやれば、また猫になって生れて来られるんだと、こちらではいいます——内地とは反対ですね——もし、土に埋めて、それが雨にぬれ日にさらされると、妖怪になって仇をするというんです。将軍廟の中にはいったら、猫のことは口にするなと、いわれているくらいでね。いまだに、あの辺の人には、猫という言葉は禁句になっていますよ」

「ほう——だが、そこに行くと、何か猫という言葉を、いいたくなるようなことでも、あるんですか」

「まあ、行ってみれば、わかりますよ」

書記は秘密めかして、笑った。

屋外で、どなる声がした。耳をすますと、エンジンのかかっている音も聞こえた。

「あ、車が出ますよ。おいそぎなさい」と、書記が腰を浮かしながら、いった。

私は親切な書記に礼をいい、ヘルメットをつかむと、庄役場を飛びだし、坂のほうへ駈けだした。飛行隊のトラックが坂をあがりかけていた。私は後板の角に飛びついて、荷框《がきょう》に這いあがった。そこには兵隊が二人、膝を立てて坐っており、長さ一メートル以上もある真赤な魚が三四、ほうりだしてあった。

「お世話になります」

私は兵たちに声をかけ、それから、役場の前に立って見送っている書記のほうに手を振った。海の上の光は消え、あたりはもう、うす暗くなって来ていた。

荷框の兵は二人とも二つ星で、運転台に乗っているのは伍長と上等兵。かれらはみな整備兵だった。車が一度とまったとき荷框から飛びおりて伍長をつかまえ、身分を明かさずに、金をにぎらせて融通をきかしてもらうことにした。

四重渓《しじゅうけい》に着くまでに、路傍の廟を見つけると私は車をとめさせ、附近の人に戯班《いちざ》の一行がその廟に寄ったか、きいてみたが、答えは否定的だった。水牛車に棺を積んだ戯班の一行に気のついた者はあったが、かれらが廟に寄ったという者はなかった。もっとも、私の見つけた廟は二つきりだった。

石郎軒《シアロンヒエヌ》一行が海口の有応公廟に寄ったのは、焼紙《くよう》にことよせて黄利財の死体を棄てて行く方便だったのに違いない。この考えには、ほぼ確信が持てると思った。

黄は何かの縁故をたよって、その戯班に身をかくしていたのかも知れない。だが、とうてい逃れられないとさとって自殺した。戯班の連中は迷惑の身に及ぶのを恐れて、あんな苦肉の策をめぐらしたのかも知れなかった。

かれらの仲間が死んだことにして、葬式のための死体運搬中と見せかけ、棄て場所を探して歩くうちに、海口の廟をみつけると、死体を棺からとりだし、廟の隅にころがしておいてから、あの民家の男を口車に乗せて、死体を発見させたのだ、いくら搬戯的《やくしゃ》でも、すこし芝居気が強すぎるが、発見役を買って出ることによって死体遺棄をカモフラージュする、深謀遠慮だったのかも知れない。現に、私のほかには誰も、かれらを疑わなかった。とにかく、一癖ある連中のようだ。

途中の廟の調査には、伍長にコミッションを使ったほどの暇もつぶさなかったが、四重渓に着いたときには、やはり日が暮れていた。

四重渓は、その名のしめすとおり、曲りくねった渓流の断崖の上にある部落である。が、南部随一の温泉郷という評判にしては、あまりにも辺鄙なところだった。近くに石門の古戦場があり、その上の山上盆地は、台湾征伐の原因をつくった牡丹社蕃の住む仙境なのだ。が、いまはこの地方も、内地人、本島人、蕃人の三民族が、他地方に見られないほどの親睦を、しめしているといわれている。

私は飛行隊の伍長の紹介で、山の中腹に建てられた大きな旅館に泊った。内地の温泉旅館とかわらない、あがりさがりの多い日本家屋で、兵隊たちもトラックを庭に引き入れて、そこに泊った。かれらは恒春街に駐留している部隊に、連絡に行くのだといっていたが、適当にサボリながら旅をしているらしかった。そればかりか、牡丹社へ行った高雄州庁の車も、すでに山頂から降りて来て、同じ宿にくつろいでいたのだった。

その晩、公吏と兵隊は宿の広間を借りて、合同でドンチャン騒ぎをはじめたが、私には迷惑だった。翌る朝、君津巡査は約束どおり、海口から自転車を飛ばして、やって来てくれた。

「やあ、ご苦労さん。どうでした」

私はかれを部屋に通して、早速きいた。

「ゆうべ、楓港の葉家へ行って、しらべてみました。旗山の石郎軒戯班《いちざ》をまねいて、慶祝演劇をやったのは事実です」

「黄利財らしい男は、一座にいたようですか」

「それが、どうも、はっきりしないのです。同じようなタイプの人間が、何人かいたらしいのでね。一座の人数は、乗りこみの時が七人で、一人欠けて六人が、たって行ったということは、わかりました」

「で、その死んだ一人というのは」

「黄利財より若い男で、やはり石郎軒に前から籍のあった花旦《ホエトア》です。死亡診断書を書いた楓港の医師にも、納棺を手伝ったという葉家の下男にも直接、会って、たしかめて来ましたから、確実です」

「すると、花旦が死んだというのは、事実なんですね」

「事実です」

君津巡査の安心した顔を見て、私はすこし当てがはずれた。前の日に考えた私の思惑とは、だいぶ違って来たからだ。君津の調査によれば、旅の戯班《ヒイパヌ》は、黄が死んでいた有応公廟の前へ、偶然あらわれたもののようであった。

「水牛車の件は、どうでしたか」

「戯班はバスで来たので、水牛車は引いて来なかったそうです。めいめいが荷物を持っていたといいます。葉家ではかれらに、水牛も荷車も、貸したおぼえはないといってます」

「ほう、では戯班がどこで、そういう物を手に入れたか、もうすこし調べてみてくれませんか。あとで私のほうから連絡しますから」

前夜、四重渓の温泉に泊った私たちは、その朝、いっせいに宿を立った。だが、方向は別々だった。君津巡査は州庁のトラックの荷框《がきょう》に自転車を引っぱりあげて、海口まで便乗することになり、私はかれらと別れて、屏東の飛行隊の車で、恒春にむかったのである。

第九章　紫の叢生

この調査旅行のはじめにも、海口の廟をしらべたついでに恒春まで行くことを予定してはいたが、はっきりした理由があってのことではなかった。応氏珊希が品木渡に残して行った詩の意味を、私なりに解いたことから、なんとなく南の果てに足を引かれたのである。

だが、いま私には、ひとつの目的ができた。石郎軒戯班の足どりを、たどってみることである。一座の花旦の死が事実だったとすると、かれらを怪しむことはできないかも知れないが、それにしても黄利財の死体が突然、海口の廟にあらわれた不思議さを、私は説明してみたかったのである。

警察は、黄利財の死で、大耳降の毒殺事件は、すじが通り、片がついたと考えているらしかった。容疑者でもない応氏珊希や品木渡が、大耳降から姿を消しても、その後を追う理由も必要も警察側にはなかったのである。

だが、私はかれらの失踪に無関心ではいられなかった。品木は珊希とその後、連絡をつけたのか。いや、かれは私と同じように、彼女の詩を解読して、あの烏衣夫人《ダムアンノワール》の、まぼろしを追って行ったに違いなかった。それよりも、謎のような詩を残して消えた女が、私にはより不可解だった。

珊希は奔放な性格のために、母親のきめた結婚をきらい、自己の意志に従ったのがもとで、それから波瀾の多い生涯をむかえることになり、第一、第二の夫を失い、殺人事件に巻きこまれるような不運を背負った——と平凡に客観することもできるが、見ようによっては、彼女の身ぢかから、一人ずつ男が消されて行ったことにもなる。

仲村鰈満、坂西、鄭、黄……そのうち、坂西と鄭は殺されたことが、はっきりしているけれども、仲村鰈満や黄の場合も、事故と自殺に偽装した殺人だったとしたら、どうだろう。ひょっとしたら連続殺人……いや、継続殺人、といったものであった可能性が、あるかも知れない。

何故ならば、仲村鰈満の死後、その立場を坂西が引きつぎ、坂西が殺されてから、鄭と黄が珊希に接近し、かれらも次ぎつぎに死亡している。何か、かれらを死に追いやった意志が、彼女のかたわらに存在しているようにも思えるのだ。それが単なる運命という名のもののせいかどうかを、私は追及してみたかった。

四重渓温泉に泊った晩も、私はその意味を考えてみて、慄然とした。われわれの眼に触れない氷の指をした男が、珊希のかたわらに常に寄り添っているような気もするし、いつも喪服を着ている彼女の正体が、血まみれの唇をした吸血鬼のようにも思えたのである。

恒春街道の木麻黄の並木が、梢の枝を両側から張って、ふかぶかと空をとざしている下を走っているときも、私は行くさきに、黒い翼が羽ばたくのを感じて、トラックの荷框《がきょう》で首をすくめていたのだった。

恒春の街路にはいってから、役場の前で車をとめてもらって、荷框から降り、飛行隊の兵たちに礼をいって別れた。役場の受付で、州警務部の添書を出して見せると、助役が会うというので、待っていると、出て来たのは、まだ若い小柄な美男子で、いつもちょっと顔をしかめている男だった。

「この辺に、旗山から戯班《いちざ》を呼んで、大人戯を演《や》らせた家があるか——あるいはこれから演らせるのでも、かまわないが——」

「いつのことですか」

「戯班は先一昨日《さきおととい》、ここへ着いてるはずなんです」

「さあ、演劇は役場の許可を受けなくても、やれますからね」と、助役は神経質らしい態度で首をひねり、他の吏員達のほうに、たしかめるような視線を投げた。

「だれか、知らないかね」

が、かれらは怪訝《けげん》そうに、顔を見合わせるばかりだった。

「この附近の廟で、最近、祭礼をやるようなところなぞ、ありませんか」と、私は質問を変えた。

「聞きませんね。もし、あっても、事変が長びくようになってからは、廟の祭礼に戯棚《ぶたい》をつくって、人を集めるようなことは、遠慮させてますからね」

「では、先一昨日《さきおととい》、戯班の一行が、ここへ着いたか、どうか……その点はわかりませんか」

「ああ、旗山の戯班が、この辺へ来たことは事実ですよ」

机の上にかがみこんでいた老人の書記が、急に顔をあげて、いった。

「一昨日、戯班の男だというのが来て、埋葬許可証を取って行きました。たしか、石郎軒という一座の者でしたな」

かれは、のろのろした手つきで綴じた書類をめくっていたが、立ちあがって、それを私のほうに、さしだした。老人はひどい猫背だった。

「これが許可証と引きかえに取った、楓港の医者の死亡診断書です」

私は綴込《とじこ》みを受けとって、読んだ。――呉秀鱗《ごしゅうりん》、二十歳、死因、マラリア熱帯熱に依る全身衰弱――などと書いてあり、医師の記名捺印があった。埋葬許可証の控えも、いっしょに綴じてあったが、喪主はホトケの兄で、やはり石郎軒の班員、呉元騏《げんき》。埋葬予定地は――恒春庄福成、庚菜頭《こうさいとう》所有地内――と、なっていた。

私は書記の老人に綴込みを返し、福成という部落へ行く道順をきいてから役場を出た。恒春はむかしは瑯璚《ろうきょう》と呼ばれた蕃地だったが、清の光緒《こうしょ》元年に広壮な県城が新築された。その城趾もいまは荒廃、見るに耐えなくなっていると聞いたが、見物はあとで時間の余裕ができたらすることにして、私は荒涼とした海沿いの高地の道を急いだ。

福成は思ったより遠く、道もなかば自然に帰ったような村落ばかり通っていたが、ところどころに眼をみはらせるブーガンヴィレアの大叢生があって楽しまされた。途中で、日本語のわかる公学生をさがし、つかまえては道をきいたが、庚菜頭という名の人物を知っていた者がない。保正の家を教えてもらい、そこへ行って聞くと、やっとわかった。

庚菜頭の家は、部落の山寄りにある、みすぼらしい農家で、家をかこう塀もなく、畑の際《きわ》にある釣瓶《つるべ》井戸のそばに、一頭の水牛がつながれ、軛《くびき》のついた荷車が、はずしてわきに置いてあった。

私は、檐下《のきした》に立って、言葉の通じないのを心配しながら、声をかけた。が、庚菜頭は五十歳ぐらいの、農夫には珍しく小ぶとりに肥った男で、若い頃、高雄にいたことがあると、あとでいっていたが、日本語もどうにか話せるし、内地人に愛想よくすることも知っていた。

愛想よくといっても、湯茶いっぱい、ふるまわれたわけではないが、かれは私を穴のあいたアンペラで仕切った部屋に通す前に、水牛のいる井戸を指さし、喉がかわいているなら、あの水は飲めると、親切そうに教えてくれたのだ。庚は私の質問ごとに、長らく使わなかった言葉を思いだす風情《ふぜい》で、ちょっと間をおいてから答えた。

「あんたは、旗山の石郎軒という戯班へ、墓地用に地所を売ったかね」

「売らんよ。貸しただけよ」

「どこの地所を貸したんだね」

家の周囲には、ひと眼に見わたせる、そこばくの土地があるだけだった。その一部を、他人の屍骸を埋めるために貸したのかと思ったが、さすがにそうではなかった。

「ここから天神廟まで行く、なかごろに土地公《トオッコン》の廟ある。そのうしろの畑よ」

「埋葬はもう、すんだのかね。その畑へ、もうホトケを埋めたのかね」

「いや。まだ埋めたようすないよ」

「この辺で、葬式をやりたいと思えば、どこへたのむだろうね」

「天神廟の顧廟の潘司公《サイコン》（道士）よ」

「天神廟というのは、将軍廟のことかね」

庚はうなずいた。私は前の日、海口の役場で、親切な書記から聞いた、奇怪な廟の縁起譚を思いだした。だが、この時間まで、その廟がこの福成にあったことには、気がつかずにいたのである。

私は天神廟の方角を庚にきくと、かれの家を出た。潘という司公《サイコン》は、廟からすこし離れたところに住んでいるそうで、その家も教わった。庚は畑のはずれまで、私を送って来て、そのあいだに、思いだした日本語をしゃべるのが楽しいというように、なお、いろいろなことを話した。

土地公廟うらの畑が、何を植えても育たない痩地だということ、その地所を二坪だけ、水牛車とひきかえに、二十年間、貸したということなどは呑みこめたが、かれの話は三分の二以上わからなかった。井戸のそばにいた水牛も、そのそばにおいてあった荷車も、花旦《ホエトア》の遺骸を乗せて来たのだったのだ。

庚菜頭の家が見えなくなってから、すこし行くと、かれのいった小さな祠《ほこら》が道のわきに立っている前を通りかかった。祠のうしろには、蘇鉄のような葉の山棕《ソアサス》がしげり、そのむこうに里芋みたいな形の丘が、にょっきり立っていた。荒れた畑地には墓はともかく、人を埋めた目じるしらしいものも、見あたらなかった。

そこからまた、しばらく歩いて、私は崩れかけた塀にかこまれた家の前に出た。教えられた潘司公の住居だ。そこまで来ると、海の方角に、午後の日をさえぎって、くろぐろとそびえている廟の屋根が見えた。

潘はひどい老人で、日本語はまるきりわからなかった。が、さいわい手つだいの少女の通訳で話はできた。

「最近、この辺で葬式はありませんでしたか」と、私はきいた。

「ありました。一昨日、旗山の戯班《いちざ》にたのまれて、葬式やった」

「顧廟さんは葬式に立ちあって、ホトケを見ましたか」

「見た。鋪仔《ほとけ》は腐って、むくんでいたが、痩せた若い男だった」

「葬式が終っても、かれらは、すぐ死体を埋めに行かなかったのですか」

「ああ。棺《コア》のおき場所がないから廟を貸してくれというので、迷惑だが気の毒だから、天神廟の隅におかせてやってあります。だが、あまり長くはおかせられない。まあ、今日はもう埋葬のため受取りに来るだろう」

老司公は、絶え間なく眼《ま》ばたきをしながら、本島語でボソボソ喋った。

「旗山の戯班は、この辺の民家か何かに、泊ってるんですか」

「そうらしい。宿はその娘が知ってるはずだ」

司公《サイコン》は少女のほうに手を振って見せた。

「かれらは、いったい何をしに、福成まで来たんですかね。その、泊っている民家で、演劇をたのんだんですか」

「そんな家じゃないわ。お金をもらって、搬戯的《やくしゃさん》を泊めたのよ」と、少女が自発的に答えた。

私は潘司公に礼をいってそこを出ると、少女に教わったその農家を訪ねに行った。いったい旅まわりの戯班とは、どんな連中だろう、頭家《タウケ》の林石郎はどんな男だろうかと思うと私は強く好奇心をひかれた。台湾の南のはしの、ひりひりする日に照らされて、私はまたすこし歩き、サイザルヘンプの畑と大きな芭蕉《バナナ》の樹の立っている宅地を持つ、ちょっとした農家に着いた。

この家の、翼のように前埕《にわ》をかこんで建っている護廊《ホオリエン》の房間《へや》を二つ借りて、戯班は泊っているのだと、部落の消息通らしい司公の家の少女は教えてくれたのだ。

だが、出て来た女は、私が林石郎に会いたいというと、怪訝そうな顔をした。

「あの人たち、二日とまった。きのう、午後、みんな、たって行ったよ」

私は呆然として、女の顔を見つめた。この家の主婦らしいが、台湾人には珍しく肥満した女だった。女が無愛想なので、かえって私は気をとりなおし、きいてみた。

「ここに泊ったのは何人ですか」

「六人です」

「あの連中は何故この辺にやって来たのか、知りませんか」

「そういえば、何しに来たのかね」

私はその女に礼をいって背をむけ、潘司公の家のほうに引返して行きながら、今度は何も眼にはいらなかった。石郎軒戯班の行動は、まったく不思議だ。かれらは花旦の死体を福成まで運んで来て、二日前に埋葬許可を取り、墓地を借りた。同日、葬式を終えたのに、死体を埋めなかった。そして、昨日の午後、福成をたってしまった。

棺を廟にあずけたままでか。そんなはずはないから、昨日の午後、顧廟の知らぬ間に運びだしたのだろう。だが、運び出したのなら、何故、借りた土地に埋めて行かなかったのか。私がさっき見た庚の飛び地には、そんな目じるしはなかった。すると、かれらはご苦労にも、また棺を持って、旅を続けているのか……

潘司公の家の前に来ると、私はもう一度、戸口でどなった。出て来た少女の顔を見て、私はいった。

「戯班は、きのうの午後、宿を引きはらったそうだよ」

「ちっとも知らなかったわ」

少女はほんとうに意外そうだった。

「もう一度、会いたいんだ。司公《サイコン》はいるかね」

私はまた、司公が水煙吹《みずぎせる》をかかえて椅子にかけている、正庁に通された。

「花旦の棺は、きのうのうち、あの連中が廟から、持って行ってしまっているんじゃありませんか」

「そんなことないよ。今朝、わたし廟へ行った時、ちゃんとあったからね」

「それは、へんだな。葬式に立ち合った戯班は何人いました」

私はほんの思いつきで、きいたのだが、顧廟の答は、ちょっと意外なものだった。

「十人……もうちょっと、いたかね」

どこかで、何かが狂っているようだった。妙に間のぬけた、それでいて変てこに錯綜した糸の末端に、たったひとつ残されたものが奇怪なうわさのある天神廟に安置された花旦の棺《コア》なのだ。せめて、この老司公が耄碌《もうろく》してくれているなら、と思った。

「これから廟へ行ってみたいと思うが、いっしょに行ってくれますか」と、私はいった。

潘老人はいやな顔もしないで立ちあがった。少女と三人で私たちは潘の家を出た。司公は見かけよりも、しっかりしていた。

廟は馬西《バシー》海峡の青い潮を見はるかす断崖の上に立っていた。午後のどんよりした白光の中で、風は凪《な》いでいるが天も地も、はるかなうねりに乗って、かるく揺すぶられているようだ。

そこに暗い染《しみ》のような、色漆喰《しっくい》の剝げた廟が、ぽつんとそびえ立っているのだが、九輪の先に高く輪を描いて舞っていたのは鷹であろう。見ていると渇きと空腹のせいか眼が廻るような気がした。

廟の正面に立ってみると、門の檐《のき》には「李将軍」と書いた匾額《へんがく》がかけられ、左右の門聯には、「将令威厳妖遂怯、軍兵掌誅暴安良」と、分けて書いてある。が、聯の句意にもかかわらず、白昼、物の怪《け》が棲んでいそうな感じだった。

廟の内部はあまり広くなかった。中央に鎮殿王の将軍爺《チョンクンヤア》をまつり、左右に飛天王と上帝公《ションテコン》の像がまつってあったが、うすぐらい建物の中で、その主神の本像に眼をこらした私は、思わずぞっとした。衣冠束帯した李将軍の神像の、眼、耳、口などが、意識して異様に大きく作られ、何か見ていられないような、不調和の恐ろしさに充ちているのだった。

海口の役場の書記は、この廟の、どこが変っているか見る時のお楽しみに、いわないでおこうと、いった。わるく気を持たしたものだ。この廟の周囲で猫のことを口にしないというのは、この神像がすでに猫の正体を曝露しているからである。これは神の姿をした、怪猫の像なのだった。

「やはり、花旦の棺は、おいてありますか」

私は、遅れてあとからはいって来た潘司公をふりかえって、たしかめるようにきいた。

「あらッ、棺の蓋があいてるわ！」

「そんなことはない。今朝、見たら、たしかに、しまっていた！」

少女と老人が、続けて叫んだのが、どちらも本島語だったのに、私には反射的に、そう聞こえた。私たちは棺の安置してある片隅へ走って行った。と、私はまた、あっと声を呑んで、その場に釘づけにされたのだ。

棺の蓋はあいていた。なんという華麗な死のすがただろう！　中に敷いた銀紙《ギヌソア》に埋ずもれて、鳳冠宮衣、花旦《ホエトア》の舞台姿そのままの、したたるように艶麗な死体が、しずかに眼を閉じていたのだ。

と、棺をのぞきこんだ老司公は、急にぶるぶるふるえだし、しぼるような声の本島語で、また何か叫んだ。

「ちがう、これは違うって、いってるわ」と、少女が恐怖にみはった眼を私のほうにむけながら通訳した。

「これは、きのうのホトケとは違うって——きのう、いいえ一昨日のホトケは、若い男だったが、これは花旦の衣裳を着た、ほんとうの女ですって！」

そうだ。私もそれに気がついていた。眼や口のはしに紅隈《べにぐま》を入れた、花旦の化粧をしてはいるが、それはたしかに坂西未亡人、応氏珊希にちがいなかった。そして、いま、息が絶え血の冷え切っている珊希は、生きていた時の彼女より、はるかに可憐に見えた。私は何もかも忘れて、しばらく、美しい舗仔《しがい》に見とれていた。

と、少女がまた、けたたましい悲鳴をあげて、しがみついて来た。彼女がふるえる指でさした柱のかげに、私も人の動く気配を感じた。

「誰だ、そこにいるのは」

答えるように、あおじろい顔が、うきあがって私のほうをむいた。

「あっ、きみは……」

私はまた眼をみはった。それは大耳降以来はじめて会う、品木渡だったからだ。かれは私たちがはいって来る前から、そこにいたのに違いなかった。

何故かれはそこに来、そこで何をしていたのか、すぐにも質問したかったが、やめにした。品木が恐ろしいくらい気力のない眼をし、いまにもぶっ倒れて灰になってしまいそうな、ようすに見えたからだ。私は品木をかかえるようにして、潘司公の家まで引返し、そこでひと休みしてから、恒春へ帰ることにした。

品木渡はまもなく気力を恢復した。恒春に着くと、私は警察署に出頭して、応氏珊希の死体を発見したことと、品木の身柄をあずかっていることを、州警務部にすぐ通報するように命じ、福成の庚菜頭所有の飛び地を掘ってみるように、助言を与え、石郎軒戯班の恒春地方における、十三日から十五日までの足どりを、できるだけ詳しくしらべるように、たのんだ。それから、品木をさそって、町へ食事に出かけた。

品木は物を食う勇気もないようだったが、かれの話によると、大耳降で例の五言絶句と首っぴきした結果、かれも私と同じように、起承の二句を解読したのである。詩の暗示している場所がわかると、烏衣夫人の妖艶な瞳が南の空からかれを招いているような気がして、品木は、じっとしていられなくなった。

品木は前後のわきまえもなく大耳降を立ち、屏東の電力会社の寮に一泊しただけで恒春に来ると、交通の不便な南端部をあてもなくさまよい歩き、潮風と絶望に洗われたむなしい心を抱いて鵞鑾鼻《がらんび》から引返して来た途中、あの荒涼とした海岸台地に建つ廟の中に偶然はいってみた。と、死美人が棺の蓋をあけて、不遇な恋人を待っていたというのだ。

品木の話したことを私は疑わなかった。かれは坂西の話に引かれて台南から大耳降に行き、そこに住んでいたあいだも一定の間隔をおいて珊希のあとを追っていた。いや、終始かれが追っていたものは応氏珊希の影であった。しまいには、その影さえ四行詩一篇をのこして消えたが、やはり最後にめぐりあえたのは奇縁という他はないといえるだろう。

だが、影はやはり、とらえられぬものだったともいえる。品木が最後に手を触れることのできたのは――もし、かれがそうしたとすれば――つめたい死人の頬でしかなかったのだから。影はすでに消えていた。いや、影は品木がこれからの人生を送り、最後の息をひきとるときまで消えないのかも知れぬ。そして、すでにかれは珊希の影を、創作『金果流』の中に永遠にとじこめていたといえるかも知れぬ。

品木は珊希に強くひかれながらも、傍観者の立場を固守した。品木はそういう男だったのである。だから、珊希の死を知った悲しみで急死しそうになりながらも、かれはその打撃を美のかたちで受けとったのだ。そういう品木を見て、私は羨望を感じはしても、かれの言葉を疑えなかった。

その晩、私は恒春に泊った。品木は、福成から運ばれた珊希の死体といっしょに、警察に保護された。かれが生前の珊希をいくらかでも知っていた唯ひとりの人間として、彼女のなきがらの通夜をすることになったとは、品木も運命のふしぎに、おどろいたことだろう。

州警務部の一行が到着したのは、翌る朝だったが、その中には台南州から特に参加した大耳降警察の馮巡査部長の姿も見えた。珊希の死体検証の結果、死因は左乳房の下、心臓部に達する鋭利な刃物による刺傷で、死亡したのは、たぶん前々日中(十五日)、他殺か自殺かの判定はつかなかった。

私は石郎軒戯班の捜査を警察にまかせ、馮とは台南で会うことを約束して、一人で、ひと足さきに恒春をたった。途中、楓港でバスを降り、葉という家を探してみると、すぐにわかり、うまく主人にも会えた。

葉泰順は土地の事業家でサイザルの栽培や、大板埒《だいはんらつ》の捕鯨会社にも関係しているということだった。台北で書肆《しょし》をやっている応に、どこか似たところのある、やわらかい感じの、まだ若い男であった。かれは家族に記憶の助けを借りながら、私の質問に答えた。

「石郎軒という戯班を、前にも傭ったことが、おありですか」

「いいえ、今度がはじめてです」

「それは古くからある戯班なんですかね」

「そうらしいですね。かなり有名です。いまの林石郎は二代目だということです」

「かれらは、いつ、お宅へ着いたんですか」

「ええと、子供の出生祝いを、九月九日の重陽《ヤンヤン》と、いっしょにやったので、その前の日の八日に乗りこんでもらいました」

「乗りこみの人数は……」

「やることはうまいが、田舎まわりの戯班《ヒイパヌ》ですから、小人数でしてね、搬戯的《やくしゃ》と後場《おはやし》がかけもちで、全部で七人でした」

「たつとき、ひとり欠けていたということを、ご存じでしたか」

「それが、あとでわかって、たいへん気の毒に思ったんですがね。祝宴の日に、花旦《ホエトア》の搬戯的《やくしゃ》が急に悪くなって、こっそり医者も呼んだらしいのですが、翌日、死亡したのを、私たちには義理がたく、だまっていて、そのまた翌日――つまり十一日に――

いとまごいをして出て行きました」

「お宅を出たのは十一日ですか」と、私は首をひねった。

「それから、どこへ行くとも、いってませんでしたかね」

「たしか、恒春まで行くと、いっていたようです」

「出発した日と、その翌日の十二日に、かれらがどこにいたか、ご存じありませんか」

「いいえ。何故です」

「戯班は十一日にお宅を出て、眼と鼻の先の海口へ、十三日の朝、着いてるんですよ」

　葉はおどろいたように眼をみはった。だが、別に深い疑問を持ったようすもなかった。私はふと思いついて、きいてみた。

「ときに祝宴当日、撤戯的《やくしゃ》も入れて、記念写真を、お撮《と》りにならなかったですか」

「ええ撮りましたよ。屏東から上手な写真師に来てもらって撮影しました」と、葉は当然のように答えた。

　そっくり反ってるのや、かがみこんでいるのや十数人の男女が写っている、キャビネ型の写真を見せてもらった。はじの方に扮装した俳優が三人、立っていた。

「戯班で、うつっているのは、この三人だけですか」

「いえ、そのそばにいる、ふつうの服を着た三人の男も、そうなんです」

葉は写真に眼をちかづけて、いった。

「この時は、もう花旦は病気で寝ていたとみえて、六人しかいませんね」

「これはみんな男のようですね」

「ええ、もちろん。戯班には女は加わっていませんよ」

葉は私の質問に驚いたような眼をして、いった。

私は屏東から出張して来たという写真屋の住所をきき、主人にお茶の礼をいって、葉家を出た。そして、次のバスを待つあいだに駐在所に寄り、十二日の石郎軒戯班の足どりと、かれらがどこで水牛車を手に入れたかを、調べるようにたのみ、同じ指令を海口の駐在にも伝えるようにいい、結果はあとでかならず調査に来るはずの、大耳降署の馮巡査部長に報告しておくように、いった。

屏東に着くと、葉泰順から教わった蔡《さい》という写真屋を探した。蔡の写場は市役所附近の横町にあったので、思ったよりも早くわかったし、考えていたよりも大きかった。写場は青果市場の二階にあり、外階段の下に展示ケースが立っていて、中に清朝風の正装をした男の子と女の子の写真や、モダンな軽装の若い女、大物らしくそっくりかえって微笑している男の肖像などが貼ってあった。

こんな異郷の写真館の店先で、見知らぬ男の定着した親しげな微笑に出っくわすのは、ふしぎな気持だ。実際はどんな灰汁《あく》のつよい男か知らないが、カメラとさしむかいになって手間をとらされているときのいくぶん照れたような無心な顔で写っていた。

階段をあがって行き、ドアをあけてはいると、私はふいに、うす暗い奇妙な世界に立たされた。椰子のしげる海岸のとなりに蛇木にかこまれた亭《ちん》のある庭園が見える。かと思うと、気根を幹にからませた榕樹《ガズマル》が、いちめんにのさばっている。白と黒のペンキで描いたつぎはぎのパノラマの、ぞっとするようなながめだった。

何度も声を張って呼ぶと、やっと一人の男がおくから出て来た。灰色のあらしの前に出て来るのに似合わしい、黒い服を着た蟷螂《かまきり》のような顔の男だった。かれはもみ手をしながら、いった。

「いらっしゃいまし」

「写真を撮ってもらいに来たんじゃない。が、ひとつ、たのみがあるんです」

私は名刺を出して見せた。

「今月の九日に、楓港の葉という家で撮った、記念写真があるでしょう」

私のいう写真の貼ってある営業用のアルバムを持って来させるのに、またちょっと手間がかかった。

「ここにうつっている人の中から、戯班の連中を見わけられますか」

「わかりますよ。ここにいる六人です」と、蔡写真師は答えた。

「頭家の林石郎は、どれですか」

「この正生《チアシエン》の扮装している男です」

「あなたは、この六人の搬戯的《やくしゃ》を、よく見ましたか。これはみんな男でしたか」

「ええ。何故ですかね」

蔡も楓港の葉旦那とおなじに、驚いた顔で私を見つめた。

「この写真の原板は、とってありますか」

「ええ、ありますとも」

「では、この搬戯的《やくしゃ》たちの部分をトリミングして、できるだけ大きく焼いてみてくれませんか。代金はいま、はらうけど、いつまでに台南へ郵送してもらえますかね」

「そうですね、大急ぎでやりますが。明後日の午《ひる》ごろまでには、お届けできますね」

「では、まちがいなくたのみますよ」

私は代金と送料を先払いして、蔡の写場のペンキで描いた楽園をぬけだした。屏東駅から台南まで熱帯を走る小さな汽車の中で、私はこの半月たらずのあいだに経験した、いくつかの異様な事件に、すじみちがつくかどうか考えてみた。

依然として、むずかしくはあったが、明かりがさして来たような気もするのだ。ということが、かえって底冷えのような不安を、感じさせるのでもあった。

そのあいだにも私は、ときどき、あの恐ろしいが美しい悪夢のような福成の廟を思いだした。廟の外の荒涼とした海と崖と、海の巻きあげる風が思いきり紺碧を吹きちらしてしまったような白っぽい空と、廟の屋根の真上を、ひとりぼっちで輪をかきながら舞っていた鷹なども思いだした。

鷹も死臭をもとめて来る猛鳥の一種だろうが、だれかが蓋をあけて行った死美人の棺が、あの雄々しい鷹をおびきよせたのだろうか。廟の荒れ庭を埋めていたブーガンヴィレアも思いだした。あの、わびしい地の果ての天地の中で、その紅紫色の大叢生だけが、大地が思いきって奢《おご》った唯一の装飾ともいえるものだったのだ。

第十章　灰色の思索

その夜かなり遅くなってから、古道具屋で買った彩灯《ツァイテヌ》が、わびしく照らしている私の房間《パンキエヌ》へ、馮次忠が訪ねて来た。馮は州庁で報告を終えて、その足ですぐやって来たのだといい、脂《あぶら》びかりのする顔をしていた。

「こんな遅くうかがって失礼と思いましたが——どうぞ何も、かまわんでください」

馮次忠は飲食に趣味のない男だから、私も気をつかわないことにした。

「それよりも、恒春の事件について、いろいろ、おききしたいこと、あります。話していただけますか」

「私の知ってることなら……」

「品木さん尋問して、何故あんなところにいたか、聞きました。ワタシには残念ながら、わからなかったが、あの坂西夫人が残した手紙の詩文、最初の二句の意味がわかって、南部へ来てみたと、いってました。久我さんも詩文、解読して、恒春へ行ったですか」

「私は海口の廟から、石郎軒戯班のあとを、したって行ったんですよ」

「あの戯班のことも、あとで、うかがいたいですが、詩の問題ですね——品木さんは最初の二句が、恒春さしてること、わかったが、第三句の意味がわからないと、いってました。久我さんは全部、解読できたですか」

「そう。まあ、あてずっぽうかも知れなかったんですがね。だが、第三句の意味は、福成の天神廟で見ることができたでしょう。白衣裡というのは、私も人に聞いてわかったんだが、死を指していたんですよ」

「すると、第四句にあらわされてる希望は、永久にだめになったわけですね——坂西夫人は自分の死、予知していたと考えていいですか」

「でしょうね」

馮は鋭い片眼で私をみつめ、怪訝そうに首をかしげた。

「坂西夫人は、いつから戯班に加わっていたですかね」

「さあ。戯班が楓港をたつまでは、いっしょじゃなかったようだが。あなたは、福成で、かれらに宿を貸した農家を、しらべたでしょうね」

「しらべたこと、しらべたが、農家の者、何も気がつかなかったようです。ひどく好奇心、持たない人たちでね」

私はあの肥満した、無愛想な農婦をおもいだしていたが、馮はたまっている疑問を、はやく吐きだしてしまいたい、ようすだった。

「坂西夫人は戯班と、どんな関係があるんですかね」

「わかりませんね」

「久我さんは何故、戯班のあとを追って行かれましたか」

「はっきりした理由はなかったんです。たぶん好奇心というものの、せいですかね。あなたは死体発見のきっかけになった戯班の存在に興味を持たなかったんですか」

「残念ですが、気がつきませんでした」

馮は下をむいて唇をかんだ。

「いまでも、まだ、よくわからないです。黄利財は戯班と関係があったのですか」

「その点はまだ、はっきりしないが、あなたのほうからも私に報告してくれることが、あるのじゃありませんか」

「もちろん、その用件のために、おうかがいしたのです」

馮はちょっと、からだを固くした。

「久我さんが指令されたことから、いろいろわかりました――感謝します――が、実際は、ますますわからなくなりました。まず、庚菜頭が戯班に貸した土地公廟うらの畑、掘らせてみました。と、庚が知らん間に、花旦《ホエトア》の遺骸、紅氈にくるんで埋めてあったです」

「なるほどね。むだな掛け合いはしない連中だったな」

「楓港の駐在で聞きましたが、戯班は葉家から、いくらもない海口の廟に着くまでに、あしかけ三日、かかってますね――ところが、中の十二日の行動、全然つかめません。どこか、そこらの山にでも、かくれてたですかね――水牛車の件は、海口の巡査が探しだしてきました。十二日、楓港の部落のはずれの民家で、損料はらって借りたこと、わかりました。恒春の警察の手で、持主に返すことにしましたよ」

私は思わず失笑していた。福成の、あの老猾《ろうかい》ぶった庚菜頭は、花旦の遺骸が、知らぬ間に畑に埋めてあったので、びっくりし、警官がそれを掘りだして持って行ってくれたので、水牛車をただもうけしたと、にんまりし、今度はそれを取りあげられて、がっかりしただろうからだ。

「戯班は、きのう福成の宿を出てるんだが、その後の、かれらの足どりはわかりましたかね」と、私はたずねた。

「きのうの午後、一行六人を恒春街で見たというものが二、三人ありました。が、その後の足どり、わかりません」

「恒春で一座は分散したのかも知れない。それだと、その後の足どりをつかむのは、ちょっと不可能ですね。本拠地の旗山は、しらべてみましたか」

「もちろんです。だが、楓港へたつ前に、かれらは旗山の頭家《タウケ》の家ひき払って、出かけたらしいです。近所の人たちは移転だと思ったくらいです。もう、かれらの行く先、つきとめる方法、ちょっとありません」

馮の片眼が下をむき、眉はしかんでいた。

「処置なしですね」

馮は顔をあげて、また私を見つめた。

「まだ、わからないことがあります。ワタシ、久我さんの歩いたあと、まわってみました。福成の天神廟の顱廟は、今朝、見たとき、花旦の棺の蓋は、しまっていたといいます。ところが品木さんは、あの廟に偶然はいって行ったとき棺の蓋はあいていたと、いうのです。あんなところへ、はいって行って、おいてある棺の蓋、やたらにあけたりする者ないでしょうから、品木さんのいうことも信じられるし、かといって葬式のあと、棺の蓋あけはなしにしたまま立ち去ったとも思えないが、これはどういうわけですかな」

「どう思いますか」

「品木さんが、不在白衣裡という語句の意味、そのときさとって、棺に手をかけたなら別ですが……あの人、当時だいぶ気持が乱れて、いたでしょうからね」

「品木くんは、あけたら、あけたといいますよ。あなたは品木くんを、もっと大きく疑ってはいないのですか。たとえば、品木が坂西夫人を殺したというように」

「わかりません。だが、殺す理由がありますか」

「それなら、棺の蓋の問題は、こう考えたらどうです。今朝、潘司公が見たときはしまっていたが、品木くんが廟にはいって行ったときは、あいていたというのだから、つまり——そのあいだに、だれかが、あけたんです」

「だれが、何のために。それに、戯班の一行は、きのうのうちに福成、たってしまったのですよ」

「そうです。これは興味のある問題ですね」

私がしんみりいうと、馮はまた、ふしぎそうに、ひとつの眼で私を見つめた。

「いったい、石郎軒戯班は今度の事件で、どんな役割、してるのですかね。黄利財の死体と、かれらはどんな関係、あるのですか。黄は十三日に、海口附近で死んだ。戯班もその日、なんのためか、一日その辺にひそんでいた……だが、わからんです。ひょっとして、黄は前から戯班に、かくまわれていたのですかな」

「そうかも知れない。私は今日、屏東の写真屋に、石郎軒戯班の死んだ花旦をのぞく全員が写っている写真の引伸ばしをたのんで来ました。明後日《あさって》の午《ひる》ごろまでには、できあがってここへ届くはずなんです。届いたら、あなたに首実検をたのみますよ」

「ぜひ見たいですね。今日のつづきで明日も明後日も、どうせ台南に出て来なければなりませんから、ご連絡ください。州庁に来ておりますから」

「とにかく、石郎軒の歩いた道すじに、三つの死体が、ばらまかれたんです――これは、算術の問題かも知れませんよ」

私は馮次忠の煙に巻かれたような、そして、ちょっと不愉快さをかくしているようすのある顔へ、微笑を投げかけながら、いった。

引伸ばし写真は、蔡が約束した日時に、私の手にはいった。それを持って州庁に顔を出すと、馮次忠も、もう大耳降から出て来ていた。私は早速、かれに写真を見せた。

「これが楓港の葉家で、重陽《ヤンヤン》の日に撮った記念写真の一部分を引き伸ばしたものです。写ってる戯班は全部で六人。もう一人、花旦《ホエトア》の搬戯的《やくしゃ》がいるが、病気で屋内に寝ていたはずです。私は黄利財を知らないから、よく見てください。この六人の中に、かれらしい男がいますか」

「黄利財は大耳降に留置してましたから、まだ顔はよく、おぼえてますが、この写真では、どうも……」と、馮は片目で写真をにらみながら、いった。

「ふつうの台湾服、着た、こちらの三人、後場《アウチュウ》らしいが、この中には、いないようです。搬戯的《ポアヒイエ》はみな髯つけたり、隈どりしてるので、わかりにくいですな」

「いませんか」

「いないとも、いるとも、断言できませんが……この中年生《チオンリエンシエン》らしい者、顔の輪郭やからだつき、黄によく似てますな。もし、この写真お借りできれば、ほかの者にも、たしかめさせたいと思いますが」

「いいでしょう」と、私は無造作に承知した。

馮はまた、ひとつの眼で私の顔をぬすみ見た。

「もし、これ黄利財なら、かれは戯班に、かくまわれていたことになります。黄の脱走、たすけたのも、かれらかも知れんし、あるいは黄が一人で、旗山まで逃げて行って、戯班《しばい》たよったかも知れません――とにかく、黄はもと石郎軒にいたことがあって、大人戯の搬戯的《やくしゃ》の資格、持っていたと考えられます」

「その写真にうつってるのが、黄ならね」

「だが、そうだとしても、それから黄はどうしたか。楓港の葉家、出た翌日、死にました——自殺……他殺……逃げられぬと思って、自殺したか——それからのこと、よくわかりませんね。久我さんのおっしゃる、算術の問題というのは何ですか」

「単純な数《すう》の問題が、いくつかあるでしょう。たとえば——戯班が八日に楓港へ着いた時は、総員七名だった。十日に搬戯的《やくしゃ》が一人死に、六人で楓港を立った。十三日、かれらは六人で恒春についた。十五日、かれらは六人で恒春を立った。死んだのは何人か」

「はじめ七人、残りが六人ですから、7－1＝6でしょう」

馮はちょっと腹立たしそうに、片目を光らせながら、いった。

「ところが事実は、7－6＝3または、7－3＝6だったんです。死体は三つあった。二度目の死体も、三度目の死体も、突然ぽっかりと、それぞれ廟の中にあらわれた——そこに残して行かれた——だが、突然あらわれるということは、ありえないし、そして、三つとも、戯班の歩いた線上の距《へだ》たった点にあらわれたという、共通性を持ち、数学的な解決を示唆《しさ》している」

「よく、わかりません」

「では、もうすこし数の問題を考えてみますか。死体の数が増えた過程を、考えてみましょう。楓港、海口間では、戯班《ヒイパヌ》の人数をA、搬戯的《ポアヒイエエ》の死体をBとし、A+Bというかたちで、歩いたことになる。Aの実数は6、Bは1だったから、6+1=7で、答は花旦《ホエトア》生前の戯班の数と一致する。だが、その7の中に、黄利財の1も加わっていたとすると、事情が変って来ますね……つまり、海口では、Bは2、Aは5でなければならないのに、Aは依然として、6である」

「楓港と海口のあいだで、黄が死に、そのかわり生きた者が一人、戯班に加わった。それが十二日、楓港附近の、だれも知らないところで、行われた——と、いうのですな。つまり海口では、A+B=8だったのですか」

「そうです」

「黄のかわりに戯班に加わったのは、男装した坂西夫人だと、考えていいですか」

「可能ですね」

「解剖所見では、坂西夫人は十五日夜半から十六日の朝までに、死亡したことになっています。が、戯班は十五日の午後、福成の宿、立っているのです。恒春に着いた時、かれらが六人いたの見た者あります。これは、どういうわけですかね」

「同じ算術の式の、くりかえしですよ。楓港出発当時の定数Aを保つためにね。A=

AB－BC＋Cなんです」

馮の顔に、いらだたしそうな影が、うかんで消えた。

「数式はできたけれど、実際には、なにもわかりませんね。黄利財は海口の廟で死んだのではないでしょうね」

「海口の廟は、扉の錠が毀れていたから、だれでも、はいることはできた。が、そこに長時間、人がいた痕跡はなかった。やはり、戯班が死体を運んで行って捨てたんですね。かれらはその後も、死体をひとつずつ捨て、戯班の員数を、その都度、補充する方法をとっています。A－C＋C＝Aをくり返してるんです」

「どんな方法で黄の死体、海口の廟まで運んだのですか」

「その間の戯班の足どりで、判明していることを使って、項の計算をやってみると、わかりますよ。十一日、戯班は六人で、花旦の呉秀鱗をおさめた棺を担《かつ》いで、出発した――かれらはその時、乗物を持っていなかったからです――ところが、十二日、楓滝附近で水牛車を借り、十三日、それを牽《ひ》いて海口の廟に着いている。わかるでしょう」

「すると、海口まで、水牛車に積んで行った棺の中には、死体が二ついっていたのですね」と、馮次忠は片目をまるくして、いった。

「なるほど、私どもの使う大きな丈夫な棺《コァ》なら、二つは、はいります。棺が重くなったので、水牛車、借りたわけですね。Aから黄引いて、坂西夫人たした海口の件、それでよいが、福成の場合、すこし変ですね」

「そうでもない。A－C＋C＝Aという式は、きわめて合理的でしょう。ただ、楓港から海口までと、海口から福成までの、二つの場合では、Cの実数は1だが、福成から恒春までの場合のCは複数ですね」

「何故ですか――」

「十五日に恒春に着いた戯班Aの中には、応氏珊希が減っていたばかりでなく、他に1以上の数の補充があったはずです。何故なら、あなたのいう解剖所見によれば、六人の戯班が恒春に着いたときより後で、珊希は死んでいるし、彼女の死体を始末した者や、十六日のひるま、天神廟にあった棺の蓋をあけておいた者なども、福成に残っていなければならなかったはずですからね」

「すると、石郎軒の別動隊みたいなもの、福成に来てたことに、なりますが、証拠ありますかね」

「天神廟の顧廟が、おもしろい証言をしていますよ。戯班は十四日に、潘司公《サイコン》を導師にたのんで、あの廟で呉秀鱗の葬式をしたんです。その時、たちあった戯班の数をきくと、司公は、十人以上いたと、いうんですよ」

馮は心からおどろいたというような嘆声を洩らした。

「いったい、これ、どういうことですか。坂西夫人、何故、死んだのですか」

「さあね。まだ、数の問題が解けただけですよ。ところで、夫人の死体解剖の結果は」

「解剖はきのう、台南大学で行われました。結果は私たちの見込みと同じでした。心臓、突いたのが死因です。中毒症状はありません。遺骸は今朝、親もとの応家にさげわたしました」

「品木くんは、どうなりましたか」

「台南へ連行され、かなり突っこんで、しらべられました。ゆうべ、やっと大耳降へ送りかえされたです。品木さんは事件に関係ないという結論、出そうですが、当分、大耳降に禁足ですね」

「それはよかった……」

私は、まだ物問いたげな馮次忠と別れ、警務部のおえらがたに、ちょっと挨拶して、州庁を出ようとすると、玄関のホールで、また馮と顔を合わした。

「久我さん、これから、どちらへ——」

「一度、下宿へ帰ってから、応家へ焼紙でもしに行きますかな。私の下宿の母家《おもや》は、内職に銀紙《ギヌソア》をこさえてるんですよ」

私は馮のするどい視線を背中に感じながら、台南州庁の風変りな建物の、白いポーチから降りて行った。

下宿に帰ると、私はおもての家に寄った。珊希の遺骸が応家に送られたとすると、内地ならば、その晩が通夜で翌日が葬式というところである。台湾の葬式は二日も三日もかかるというが、珊希の場合は、おそらく密葬するはずだ。とすれば、だいたい日本式の簡略さで、とり行われるだろうから、私はその日のうちに顔を出しておくつもりで、家主の劉に相談に行ったのだ。

劉の家でも、もう応家の不幸のことを知っていた。

「今度のことは応さんでは、こっそりやるにちがいないですよ。賻《かね》を贈るとか奠敬《くもつ》をあげるとか、それにつけてやる礼帖の書式もあるですが、まあ、四角ばらずに、燭線香《チェクソアヒュウ》でも持って行ったら、いいでしょうな」と、劉は教えてくれた。

私は劉の牽手《かみさん》にたのんで、作敬《そなえもの》を用意させ、それを持って、応家を訪ねた。路地の奥の古い家は門をとざし、ひっそりして、弔礼のために集まる人があるとも思えないようすだった。例の中年女が応対に出た。私は簡単にくやみを述べてから、いった。

「おくさんはさぞ、お力落しでしょうね。お葬式はいつ」

「明日、密葬します」

「警察から、珊希さんの変死の通知があったのは、十六日でしょう。厦門《アモイ》にいる兄さんの神助さんには、もう知らせましたか」

「はい、十六日に電報を打ちました。うまく順序よく行って、神助さまは今朝、汽船で高雄にお着きになりました」

「それは、よろしかったですね。神助さんにちょっと、お目にかかりたいが、ご都合をうかがっていただけますか」

私が霊前の贈物を出して、いうと、女はちょっと当惑した顔で受けとって、奥へ引っこんだが、間もなくまた顔を出した。

「いま、ちょっと、取りこんでいますので、一時間ほどしてから、またおいでくださいませんか、という、ご返事ですが」

「結構です。では一時間後にうかがいますが、ご迷惑だったら、遠慮なくおっしゃって、いただきます」

私は路地を出ると、ちょっと考えてから、武廟のそばにある郵便局へ行って、長距離電話を申しこんだ。台湾の長距離は、ところによって、ひどく聞こえにくく、いらいらさせられる。海底線を使って内地と通話するほうが、よほどよく聞こえるのだ。

台北州と高雄州の行政には、港務部という、他の地方にない部局がある。そこへかけた電話は時間を食い、私は途中で一度、お茶を飲みに外へ出てから、また、かけなおした。だが、一時間後には、応家の門を叩くことができ、あの豪華というにはちょっと落莫とした庁堂《チャウタン》に案内された。

応神助は私をあまり待たせなかった。上品な麻の長衫《ツンサア》を着たかれは、どこかモダンに見えるので、白話小説に出て来る青衿《せいきん》というよりは、石版画の貴公子を思わせた。

「台湾新報の方《かた》ですって」

神助は私の前に掛けながら、いった。

「そうです。だが、社会部じゃないから、安心してください。妹さんには大耳降でおしりあいになり、関心も持っていたので、ちょっとお線香をあげさせてもらいに、お寄りしたんです」

「それはどうも」

神助は頭をさげた。かれは耳ざわりのよいきれいな日本語を話した。

「珊希さんの短い生涯は、なかなか波瀾の多いものでしたね」と、私は続けた。

が、兄にあたる人の言葉は、つめたかった。

「妹の人柄が経験しなければならなかった事件のことを、おっしゃりたいのでしょう。私は長いこと厦門《アモイ》へ行っていて、あれのことを構ってやれなかったのですが、ただ、良俗のすたれて行くことを惜しみます」

「しかし、珊希さんの経験し、あるいは関係した五つの事件――一昨年九月、清水頭の水難。本年六月、大耳降の警察官暗殺。八月、同所の中毒事件。こないだの海口の廟と、今度の恒春庄福成の天神廟での、ふしぎな死体の謎――などが、すべて彼女の奔放な性格のせいだと、いうのじゃないでしょうね」

「せいだとはいいません。が、あれの性格が、事件の遠因になっている場合も、ないとはいえないでしょうし、すくなくとも、あれを事件にちかづけたのは性格による点が多分にある、と思っていいのじゃありませんか」

「なるほど、五つの不幸な事件には、一貫したものが感じられます。だが、それがすべて彼女の性格に起因しているというなら、珊希さんが個々の事件に、どれほどの関係を持っているか、しらべてみなければ、なりません」

「いいえ、私は比喩的に申しているのです。あれはどの事件にも、直接の関係はないはずです」

「そうとも限りませんよ」

「妹は大耳降で中毒事件が起こったとき、現場にいたそうですから、あの事件には無関係といえませんが、他の事件には関係がないでしょう。二人の夫に死なれた時には、アリバイもあったくらいですからね。が、そういう不祥事が、ことごとく、あれの周囲で起こるようになっていた運命は、あれの性格が招いたものだという気がするのですよ」

「いや、五つの事件をつないでいるのは、彼女の性格じゃない。もっと非情なものです。私は十二年の事件まで、さかのぼって調べてみて、はじめてその恐ろしさに気づいたんです」

「非情なものといいますと」

迷惑な話題を行儀よく我慢している、という態度だった応神助が、はじめて興味を感じたような眼になった。私も何気なく答えた。

「おきてですよ」

「おきて……」

「そうです。それが五つの事件を貫いているものです。五つとも全部、殺人事件ですからね」

「とても、信じられませんね」

神助は、はじめて顔色を動かして、いった。

「暗殺された警部補の場合は、それでいいし、中毒事件も、殺人らしいということでしたが、仲村鰈満さんは純粋な事故でなくなったようですし、海口の事件のことは、今度こちらへ帰って、はじめて聞いたのですが、犯人の自決じゃなかったのですか」

「妹さんの場合は、どうお考えですか」

「わかりません。おそらく自殺でしょう」

「旗山《きざん》に本拠のあった石郎軒《シアロンヒエヌ》という戯班《ヒイパヌ》と、珊希さんとは、前から何か関係がありましたか」

「存じません。母も警察の方から、その戯班のことを聞いたが、はじめて聞く名だと、いっております」

「珊希さんに自殺をなさる理由があると思いますか」

「それも、わかりません。だが、だれにでも自殺したくなる理由は、あるのじゃないですか」

「灰色の思索ですか」

「内地のインテリゲンチャは、シナ事変の連勝で、うきうきしてるわけじゃ、ないでしょう。かれらの頭は灰色に塗りこめられていると、いうじゃありませんか」

「否定しませんよ。私たちも憂鬱なんです。が、私の見た珊希さんには、灰色の思索はどうも似合いませんね。あの人は、もっと積極的な生き方に、執着していたと思いますね」

　神助は、ふと胸を突かれたように、顔をしかめて、うつむいたが、すぐ反撥するように、いった。

「では、あれが殺されたという根拠がありますか」

「ないことも、ありません。私はそう結論しているんですから」

「もっと、くわしくお話し願えませんか」

「いいですとも――この五つの事件には、みんな連繋があるんですが、特に最近、一月たらずのうちに起こった三件には、密接な相互関係があります。まず、八月二十七日に大耳降で起こった中毒事件ですが、あれは殺人で、犯人は応氏珊希さんです」

　神助は息を吞んで、するどく私を見つめた。

「証拠があって、おっしゃるのですか。それとも単なる臆測ですか」

「臆測はしません。私は判明したことから推理をはじめます。私は死者を誣《し》いるようなことも、好きじゃありません。特に珊希さんの死を惜しむ点では、人に負けないつもりなんです。だが、この結論に証人が必要なら——もう、その必要もないでしょうが——連れて来ることも、できるんですよ」

「妹は何故、鄭《てい》とかいう人物を殺さなければならなかったのですか」

「その問題は後にして、まず、どうやって殺したか、お話ししましょう——珊希さんは黄利財と共謀して、鄭を殺しました。鄭用器は、エサコニン系の毒の蓄積作用で死んだんですが、毒を供給したのは黄で、珊希さんはそれを、竜眼蜜を入れた紅茶にまぜて、鄭に飲ませていたんです——が、最後のとどめを刺すのに、自宅はまずいと考え、黄と共謀して、鄭を氷屋に連れ出させ、何気なく談笑しながら、鄭のラムネのコップの中へ、液状の毒を落したというわけです」

「衆人環視の中で、ですか」

「街頭の奇術師は、衆人環視の中で、もっと不思議なことをやりますよ。妹さんが、大きな土耳古石のはまった指輪を、持っていたのを、もちろんご存じでしょう。あの指輪の王冠の爪がゆるんで、力を入れて引っぱれば、石がはずれるようになっていた。それを、珊希さんは利用したんです」

「石をはずしたあとの王冠に、液状の毒物を入れておいたとでも、おっしゃるのですか」

神助が、うんざりしたような声で、いった。

「そのとおりです。彼女はトランプ奇術でよくやる手を用いたんです——目的のカードをかくすために、他のカードを客に見せる——珊希さんは他の客よりも、ひと足先に席を立って、勘定台へ行く前に、鄭と黄のいたテーブルの前で立ちどまり、二人に煙草を与えた。煙草に注意を引いておいて、すばやく指輪の毒を鄭のコップに投下した。他の客に背をむける位置で、それをやった——

「待ってください——どうやって毒物を氷屋に持ちこんだのですか。まさか、指輪のうしろに入れて行ったんじゃないでしょう」

「それはもちろん不可能です。スポイトを使ったんですよ——一本のスポイトの管の中に、一定量の毒液を溜めておき、ハンドバッグの底にしのばせて、持ちこんだんです——そこで彼女は、庭へ出る戸口のわきのテーブルについた。そこに坐ると、庭の明るさが逆光になって、室内からは暗く見え、しかも壁際の椅子は、大扇風機のかげになって、午《ひる》ごろはちょうど、廻転する羽になためにに日があたるため、反射光の煙幕で、そのかげにある物は見えなくなる——常連の珊希さんは、そういう効果をよく知っていた——だから、席を立つ前に落ちついて指輪の石をぬきとり、スポイトの毒物を、王冠のうしろに移したのです」

神助はあきれた顔で、私を見つめていた。

「あとは勘定台のかげて、指輪に石をはめ、勘定をはらって出て行き、ハンドバッグの中のスポイトを、どこか氷屋の外で始末してしまえば、よかったんです――が、そのとき、思いがけなく店番の少女が、彼女をひきとめた。彼女としては、気のせいているようすを見られたくなかったので、相手になっているうち、毒のききめが意外に速く、騒ぎが持ちあがっちまったんです」

「それはおかしいようですね」と、神助は無表情な顔で抗議した。

「珊希がまだ、スポイトを持っていたとしましたら、当然あやしまれたと思いますが」

「それどころか珊希さんは、大扇風機のかげでやった怪しい行為を、たった一人の人物に、見られてしまったことにも、気がついていたんですよ。だが、彼女は見られたことを知っても、かまわずに犯罪を遂行した。つまり、その男をおそれなかったからです」

「珊希がスポイトの毒を、指輪に移したところを、見た人があるというのですか――しかし、久我さんはいま、大扇風機のかげの行為が、室内からは見えないことについて、くわしい説明をなさったばかりじゃ、ありませんか」

「ふつうの場合ならね。ところが、珊希さんの席と対角線上にある、パーラーの別の隅に、もう一つ大扇風機がおいてあって、そのかげに来て坐った客があるんですよ。廻転している扇風機を通して、別の廻転している扇風機を見ると、どんな現象が起こるか、ご存じですか――私は現場でその実験をやってみたんです――すると、むこうの扇風機の廻転が、高速度映画の緩慢な動きに見えました。化けそこなった狐が、ちらちら尻尾を出すような、ね。そして、他のテーブルからは死角になっていた、そのうしろが、物の動きもわかる程度に、うっすらと見えるんです」

「事件のとき、その反対の隅に坐っていらっしゃったのは、だれですか」

「品木渡という、善良な青年です。かれは珊希さんの影にあこがれていました。珊希さんもそれを知っていたので、かれを恐れなかったんです――そこで、鄭が意識不明になる騒ぎが持ちあがり、パーラーを出るに出られなくなって、ガラスとゴムで出来た兇器の始末に困惑を感じた時にも、彼女はためらわずに無言で、兇器隠匿リレーのため、かれに一役、買わせました――彼女はそのとき勘定台のそばの、品木がいたテーブルの前に立っていた。そしてハンドバッグから、すばやくスポイトを取りだし、うしろ手に品木のテーブルの上に、おいた。品木はそれを極めて巧妙に匿しました。何気なく、そのあるべき場所、かれの万年筆のシースの中に」

　神助の顔に驚嘆の色がうかんだので、私はちょっと誇りを感じた。が、相手はすぐに備えを立てなおした。

「品木さんという方が珊希の急場を救ったとおっしゃるが、証拠はないのでしょう」

「残念ながら大耳降署にはデュパンがいなかったんです。現場で品木のシースを押収して、しらべたら、スポイトの中から、コニンを検出できたと思いますがね――だが、ほかにも私の推理の論拠になるものはあります。珊希さんはいつも指輪を右手の中指にはめていたのに、そのときに限って左手にはめていたのを、氷屋の店番の少女が記憶していました――珊希さんは左ききじゃなかったから、慎重に指輪をはめかえ、右手でスポイトを使ったが、液体を盛った指輪は、はめかえるわけにいかないので、そのままで毒物投下をやった。鄭のテーブルから勘定台までのあいだでは、はめ替える動作は目につくし、勘定台のかげで、石をはめるのが、やっとだった。指輪の位置など、気にする者はあるまいと、思っていたのかも知れませんね」

「しかし、その少女の証言だけでは、弱いように思いますね」

「私が珊希さんをお訪ねして、指輪を見せてもらったとき、王冠に手を加えた新しい痕がありました。台南の貴金属商に、偽名の女が同じような指輪の修理をたのんだことも、わかっていて、時間的にも符合します――警察が、その女の身許を捜査したり、氷屋の少女や、特に品木を証人として追及すれば、もっと確実になって来るはずですが、もう、その必要はありません——どうです。私の説明で、納得されましたか」

応神助はちょっと青ざめた顔で、かすかにうなずいた。

「だが、私はまだ殺人の動機を話していません——何故、珊希さんは鄭用器を殺したか。結論をいうと、珊希さんは復讐したんです。鄭用器は彼女の夫、坂西警部補を暗殺した犯人だからです——坂西さんが死んでから、鄭と黄は未亡人の家に、出入りしてましたが、二人とも珊希さんの魅力にまいってしまったんです。当然、ふたりは競争心をかきたてられました。とうとう年長の黄は、親友の鄭が警部補殺しの犯人だったことを、珊希さんに密告し、疑惑を受けずに、かれを抹殺する方法を彼女に教えたんです。コニンの使用は、黄の専売でしたからね」

「しかし、鄭という人が暗殺犯人だということは、どうしてわかりますか。珊希とその人たちの三角関係についても、臆測にすぎないのじゃありませんか」

「臆測ではない、仮説です。仮説は推理の前提として、なくてはならないものです。これをいろいろに組合わせ、方程式の項を整理するような方法で、結論に持って行くんです——ところで、珊希さんは黄にそそのかされたのでなく、かえって、かれを利用しました。珊希さんのほうが役者が上でした。黄は自分が危険な立場におかれることを、あまり気にしていなかったんです——その結果、黄は容疑者として監禁されたが、真犯人の珊希さんが当然、救ってくれるものと安心していた。が、彼女は黄のことなんか考えてもいなかったようです」

「ですが、黄という人は、だれかの手引きで脱走したというではありませんか」

「そうです。だが、珊希さんではありません。黄はある集団の手で救われ、裁《さば》かれ、かれらのおきてに従い、かれが鄭に用いた方法で殺されたのです。ただし、かれの場合は注射液でした」

「何故、殺されたのですか」

「黄は誤算をしていたんです。警察から逃れられれば、集団がかれを守ってくれると思ったんです。が、集団も警察と同じに、かれを犯人と考えるだろうということを、忘れていましたね」

「しかし、その集団というのは何か知りませんが、何故、裁くのですか。それは私刑団のようなものですか」

「いや、私闘をゆるさない、結社の内規のようなもので、裁いたのでしょう。黄も鄭もその一員だったんですから」

「その集団というのは？」

神助は好奇心に眼を光らせて、きいた。

「旗山の石郎軒戯班ですよ。珊希さんもおそらく班員だったでしょう。鄭も黄も頭家の林石郎の命令で、坂西警部補の動静をさぐっていたが、遂に鄭が手を下したんです」

「どうして、わかります？」

「坂西さんが大耳降署に赴任してから間もなく、黄と鄭は警察と役場につとめた。計画的なんです――かれらが坂西さんをさぐったのは、坂西さんが、珊希さんと集団の関係をかぎつけ、内偵しようとしたからです――つまり、さぐりっこでした――何故、坂西さんを眠らせる気になったか、おそらく、かれが何かつかんだことを知ったからでしょう。ひょっとしたら坂西さんは、同じ警察署につとめていた鄭に、相談したのかも知れませんね――それで坂西さんは、かれらにとって危険な人物と考えられ、六月六日、街はずれの様仔《ソワヤ》の並木道で背後から刺し殺されたんです」

「坂西さんは何をしらべていらっしゃったのですか」

「石郎軒の秘密ですよ」

「ということを、あなたは坂西さんから、お聞きになりましたか」

「いや、坂西さんはまだ、はっきりつかまないうち――ですから誰にも話をしないうちに――殺されてしまったんです。が、かれの抱いた疑惑を、私に伝えてくれた人がありました。それは、坂西さんに聞いた話から『金果流』という短篇を書いた品木くんで、私はその小説を読んだことによって、この五つの事件を貫流している謎に気がついたんですが、品木くんは何も気がつかずに、その話を短篇に書きあげたんです」

「あなたと坂西さんが抱いた疑惑というのは何ですか」

「生物学者、仲村鰈満の死についてですよ――坂西さんは、結婚後、一年以上もたってから、仲村鰈満が死んだ当時の状況と、珊希さんの突飛な行為に疑問を蒸しかえし、清水頭へ再調査に行きました――その帰りみち、かれは台南で、品木渡に会ったようです――私も州庁で遭難の記録をしらべているうちに、坂西とおなじ疑問にぶつかり、私のほうは逆に坂西の話を書いた『金果流』から、その意味をさとったんです――」

　私はひと息して、記憶の糸をたぐった。

「こんな事実があります。仲村鰈満が島へ渡るために、やとった小舟は時化《しけ》で転覆したという見込みで、舟も仲村鰈満の死体も見つかったが、船頭は遂に行方不明でした。ところが、それから一月ほどして、その船頭の妻子は、近所にも告げずに、どこかへ行ってしまったというんです。ひょっとしたら、船頭は生きていて、妻子に連絡したんじゃないかと思います」

「どういうことなんでしょう、それは」

「情報を集めてしらべてみると、青厝《チェンツウ》の蘭砦趾でも、清水頭岸の孤島にある顧麟鳳老人の別荘でも、ときどき会合があったのは事実です。それは製糖会社の苦力の寄合いであったり、園芸家の研究会であったり、それぞれ名目があることは、ありますがね——だが、この二つの場所は潮のながればかりでなく、何故、珊希さんの意識の底で、つながっていたのでしょう——仲村鰈満氏の場合は、別に他意なく、二つの場所のまわりを、うろついたに過ぎないのに、どうも、あらしより強い手が、かれを消してしまったように見えますね」

神助は何かいおうとしたが、あきらめたように口をつぐんだ。

「石郎軒は戯班のかたちをした無名の秘密結社でした。かれらはまず、青厝と清水頭の会合場所をかぎまわった（ように見えた）仲村鰈満を消し、次にその秘密をしらべようとした坂西を消した——頭目の林石郎は、この二つの事件の真相を珊希さんには匿していた——珊希さんは鄭用器に復讐した。黄は盟友殺しの従犯で私刑されたんです」

「すると、珊希は……」

「林石郎は結社の掟にしたがって、黄利財を審問した。で、黄は珊希さんが主犯だということを告白しました。石郎は珊希さんに命じて、六日に大耳降の家を引きはらわせ、身柄をどこかに匿した。十二日に楓港附近の山中に連行させて、そこで珊希さんと黄の対審をおこない、両名の罪は確定した。石郎はまず黄を処刑し花旦《ホエトア》呉秀鱗の急死を利用して、黄の死体を海口の廟に捨てて行った。鄭用器の事件の結論を警察にあたえるためです」

神助は沈痛な顔で、聞き入っていた。

「青厝も清水頭も、さびしい海岸でした。福成も似たような場所です。かれらは西南の海岸に、会合場所をえらんでいたようです。厦門に逃げた清将劉永福の故事に学んだのですかね――十四日から十五日にかけて、かれらは福成の天神廟で会合をおこないました。顧廟は関係ありません――戯班はひとつには、他の仲間と落ち合うために、そこへ行ったとも考えられます――そして、十五日の晩か、十六日の未明に、石郎は自分の手で珊希さんを処刑したんです」

神助は私の長い説明を、顔色も変えずに聞きおわると、しずかにいった。

「旗山の石郎軒という戯班のことは知りませんが、そんな秘密結社が存在するとは信じられませんね」

「台湾の匪乱《ひらん》の記録をしらべると、例外なく、反逆分子は大正の末年に後を絶った、という結論が出されているようですが、土匪の性格そのものが、次第に変って来ているんです。大正時代、すでに大陸の革命思想の影響が、はっきり出て来ています。匪乱が近代的な形になって、潜行しているのは当然です」

「ですが、久我さんのご説明でも、石郎軒戯班《シアロンヒエヌヒイパヌ》は影のような存在ですね。頭家《タウケ》の石郎というのは、どんな男ですか。まるで、水滸《すいこ》の中に出て来る壮漢を思わせますね」

「いや。私は、かれの正体を知ってますよ。それがわかったのは、福成の天神廟で、珊希さんの死体を見た時からなんです。人間て結局、感情に負けるものですね。さすがに機略縦横の林石郎も、例外ではなかったんですから」

神助は、はっとしたように眼をみはった。

「海口の死体は警察を安心させたし、花旦は福成の庚という男と約束したとおりに、葬った――それだけなら、かれらの行為は、なんら人目をひかなかった――にもかかわらず、最後に何故、世間をおどろかすような、絢爛な死美人を現出してみせたのか。かれは由緒ある家柄の出である彼女の死体を、闇に葬るに忍びなかったが、他の穏当な手段を考える余裕がないほど、打ちのめされていたとも考えられる――だが、ああしておけば、死体は当然、実母の家にさげ渡され、公然と祖先の墓地に葬られる。肉親でなく、誰がこんな心やりをするでしょうかね」

私はじっと神助をみつめた。

「さっき、高雄の港務部に問い合わせたら、今朝、入港した香港発の便船はあったが、高雄で降りた船客の中に、あなたの名はなかった――それから、楓港の葉泰順方《かた》で撮った、林石郎の写っている記念写真を持っているが、この正生《チアシエン》の顔から髯をとると、あなたにそっくりじゃありませんか」

私が、かくしから引伸ばし写真を出しかけると、神助はふいに立ちあがった。

「いまさら、あわてることはないでしょう頭家」

そういいながら私も、すばやく立ちあがったが、神助の眼が私を見ていず、正庁の奥へ、さえぎるように手を振っているのが、わかると、ぎょっとして立ちすくんだ。

老夫人がそこに立っていたのだ。中年の侍女の肩に手をかけ、小さな青い緞《きぬ》の鞋《くつ》をはいた纏足《てんそく》の足をふまえて。応虞氏柯珊の手には、小型のブローニングが握られ、銃口が私の胸を、ぴたりと狙っていた。だが、私はその小さな銃口よりも、彼女の、老婆のものとも思えぬ青く澄んだ両眼に、射すくめられたのだった。

「母は乱暴しません」と、神助は、あいかわらずおだやかな口調で、いった。

「ですが、私はどうも母の意志にしたがって、この場は一応逃げのびなければならないようです。あなたの紳士的な態度には、敬意を表します。では、ごめんください」

応神助はもう一度、私の顔をみつめ、母のほうに目礼して、出て行った。柯珊が拳銃をかまえている間に、中年の女は私のうしろにまわって、かくしを上から探った。私は拳銃など持っていなかった。侍女が本島語で声をかけると、柯珊はちょっと視線をやわらげて、何かいった。

「失礼しました。ご子息を追わないように願います」と、侍女が日本語で私にいった。私は老夫人に、うなずいて見せ、がっかりして、応家の正庁を出た。侍女が無言で門まで送って来た。別に残念とは思わなかった。

私はそのまま新公園の木立の中へ、はいって行った。別に追う気持はなかったが、神助は逃げる気なら、そこを抜けて行くという判断が、私の足をその方向に導いたのである。陶のこしかけを配置した、石版画のような池のほとりに、私は出た。が、そこに、やはり石版画の人物のような、上品な麻の長衫の男が、倒れていた。馮次忠がかたわらにぬっと立っていた。

私は、しゃがんで、地上の男をしらべた。頸のまわりに、強い力で緊めつけたような鬱血があり、それはすでに、応神助の死体であった。私は立ちあがって、馮にいった。

「きみは応家にこっそりはいって、私たちの話をぬすみ聞きして、いたんですか」

私は、さっき州庁の玄関で、この男と別れしなに、応家へ行くと何気なく洩らしたことを思いだし、後悔した。馮の片目は、義眼と同じ放心した表情をうかべていた。

「久我さん、この男、逃がすよくない。この男の手、血ぬられている」

馮次忠は、いつもほど滑らかでない日本語で、つぶやくようにいった。かれの顔から眼をはなすと、いまは両親をなくした、あのかわいい童女のすがたが胸にうかんだ。あの童女のおもかげのほかに、この陰惨な事件の連続から、守るべき思い出の何ものもないのをさとった。

終章　色のない別れ

呉馨芳《ごけいほう》はシール・ミンクの外套を長椅子の背に投げかけ、独身者のアパート住まいを立ったまま物めずらしそうに、ながめた。

「車を、かくせるかしら」と、彼女は振りかえって、いった。

かがんで、ガス・ストーブに点火していた私は、背をのばして彼女を見た。見附の地階キャバレーで見た時には感じなかった身についた気品のようなものを、私はみつけた。

「私がやっておくよ。部屋があたたまるまで、外套を着ていたほうがいい。でなかったら台所へ行って、お茶の仕度をしてくれないか」

眼につく外車を始末して帰って来ると、馨芳はストーブの前に腰かけて何か考えこんでいた。お茶の仕度もしてあったが、飲まずに私を待っていた。

「もう、おなじ質問をしたかも知れないけど、何故、私にたよる気になったのかね」

私は彼女のそばに腰をおろして、きいた。

「それ、そんなに重要な質問かしら。あたし、感じで、あなたを信頼しただけよ。まちがってたら、その時の話だわ」

「私のことを知ってたわけじゃないのかね」

「わるいけど、存じあげないわ」

「都合がわるければ答えなくてもいいが——あなたの顔に、どこか見おぼえがあるような気がするんでね——あなたの本姓は応で、年は二十三、四になりはしないかね」

「年は二十三だけど、名は馨芳よ」

強《し》いて、ききただすこともなかったし、私のまちがいかも知れなかった。あの子が、その後どんな運命をたどったかも、私は知らないのだ。ただ、良家の子供は、よその人から物をもらう機会が、あまりないから、きれいな箱にはいったチョコレートが、ひょっとしたら記憶の底に残っているのではないかと思ったのだが、これが二十年前の応家の童女だったとしても無理な話であった。

彼女は自分のことに関しては何もしゃべらなかった。それで悪ければ私の思いどおりにしろ、という態度が、はじめには見えた。が、二日目から、私に、もたれかかるような信頼をしめしだした。あいかわらず身分は明かさなかったけれども……

　私は一週間、彼女の保護者をつとめ、外車を売って旅費を作ってやったりした。それから、彼女を飛行機で、香港に逃がしてやった。その日、私は彼女を羽田まで送った。飛行場の滑走路の外側には、もうあざやかな雑草の色が目だち、海の上の空気は、うるみを帯びて来ているようだった。

　たった一人でたって行く彼女が、この先どんなことになるか、私はあまり考えないことにした。どんな形のものであっても、それは渋滞のない、いきいきした生活にちがいないと思ったからだ。

「では、気をつけて行きなさい。だが、私はいったい、誰を見送ればいいのかね」と、笑いながら、いうと、

「呉馨芳で気に入らなかったら、そうね——」と、彼女は小首をかしげて、滑走路の空をながめた。

「応氏紅珠なんての、どうかしら」

「その応氏は、台南の応さんかね」

「ちがうわ。あたし台北の生れよ」

　そういうと彼女は、にっこりして、航空会社の青いナイロンバッグを提げた乗客の

群れの方へ歩いて行った。

——いったい、安土とかいう、もと特設憲兵隊の少佐だったらしい老人は、何故、どうして、だれに殺されたのかね、と、読者はいうかも知れない。

——その話が、おもしろそうだと思って読みだしたのに。現実と関係のない過去の、不熱心な密偵の思い出ばなしなど、どうでもよかったんだ。いったい、どうしてくれるんだね。

そういわれても、筆者はこまるのである。安土の死については、私は何も知らないし、彼女からも、何も聞かなかったのだから。それよりも、もっとこまることを、書きおわって私は発見した。人は過去を語るとき、かならずそこに何かを探しもとめているものらしいが、何を探しているのか、ほとんどの場合わからないということである。

あとがき

二年ほど前に書いた『内部の真実』で、私は台湾の北部地方を舞台にした。その後、熱帯の南台湾を書きたいと思っていたのが、この小説になったのである。

私の乏しい書架には、二冊の台湾写真帖が肩を寄せあっている。一冊は明治四十一年に台湾総督府官房文書課で編集、東京で印刷したもの。もう一冊は昭和十年、台湾新報社の発行で、高雄市で印刷され、基隆、澎湖島、両要塞司令部、及び馬公要港部の検閲を受けている。このほうは、この小説の背景になっている時代、そして私が実地に見聞した年代と、ほぼ同じ頃の台湾の現状を、概観したものである。

私はこの本から、日ざしの色あいや道路のいきれや、灌木のにおいまで感じとることができる。同時に、古いほうの本の中にある風景スナップなども、私が実地に見たままと、そっくりの印象を再現してくれる。

もちろん、古い本の中には、私が見たこともないもの、私の見た感じとは、かなりかけはなれたものも、たくさんあり、その中に心をひくものが、かなりある。たとえば惜字塔の写真などは愛惜に耐えるものである。

惜字塔は敬聖、敬字亭などともいい、字を書いた反古紙を焼却するための爐塔である。文字をたっとぶ民族が建てたものだが、私は実物を見た記憶がない。けれども、この写真から受ける印象は、実際に見たことのない物を見る感じとも違う。写真で見た二層の惜字塔は、既に私の心の中に形成されていた世界に、現存していたといえる。

この二冊の本のあいだには、ほぼ三十年の歳月が流れ去っているから、写実的な作家ならば古いほうはかえりみないのが本当だろうが、私にとっては、パイプオルガンの二列のキーのように、どちらも必要であった。

もともと、こんな傾向の小説は、タイムリーな読物の好きな読者には、惜字塔で焼かれる反古にも等しいだろうし、観点を変えても、立派な作品とはいえないかも知れないが、私には書く動機があった。この小説の中に出て来る、私にとって親愛な世界の、質朴なコスモゴニアとして、古ぼけた二冊の写真帖を持ちだしたのも、そのためである。

この小説の中で何を書こうとしたかは、読者の判断にまかせるのが正しい態度だと思う。ただ、私が親愛な世界と呼ぶものは、主題のヴァリエーションとして、等価値の重要性を持つものと信じている。

その世界について、私は読者に、どこのツーリスト・ビューローにも売ってない切符を、お渡しし、そのうえ、どんな良心的なベデカーよりも正直な案内書を添付したつもりだが、読者は、不快な退屈な旅だったというかも知れない。が、旅行者の身体的経済的事情もあることだから、いちがいに私のせいだといわれても、こまるのである。

解説　稚気と洗練

松浦寿輝

日影丈吉（一九〇八―一九九一）が亡くなって三十年近い歳月が過ぎようとしている。人間の生涯のサイクルで言えばこれはほぼ一世代に当たるから、決して短い時間ではない。世相、人情、風俗の移り変わりがますます加速しつづけるこの情報化時代において、一人の作家の生涯や作品が忘れ去られてしまうのに十分なほどに長い歳月とも言える。日影丈吉の場合はどうなのか。

これはわたしの直感でしかないが、一読、彼の小説の魅力に囚われずにはいない、そんな文学的感性を備えた人々は、現今の二十代、三十代の若者たちのなかにも、また、これからようやく文学に親しみはじめようとしているさらに若い世代のなかにも、決して数多くはないにせよ一定数は存在するのではないか。これからも存在しつづけるのではないか。そう思われてならない。

日影丈吉を「ことばの高速回転によってのみ立っている独楽のような、最高にダンディな文章を書く小説家」と評したのは種村季弘氏である（『日影丈吉選集5』解説、河出書房新社）。このダンディズムはしかし、多くの人々に共感されたり頒《わか》ち有《も》たれたりするような種類のものではもとよりない。「ことばの高速回転」などと言うと、人は何やら奇を衒ったレトリックだの、豊饒できらびやかな語彙だの、人の目を幻惑するような文体の曲芸だのを思い浮かべるかもしれないが、日影丈吉の文章はそうしたすべてとはまったく無縁である。というか、そうした派手々々しさのむしろ真逆である。

種村氏の評の核心は、高速回転している独楽が、一見そんなふうに激しく運動しているとは見えず、むしろぴたりと静止している印象を与えるという点にある。日影丈吉の文章はあくまで静かで地味で、控えめで上品で、俺が俺がというはしたない自己顕示とはいっさい縁がない。しかしその小説世界は、豊かな人生経験と教養を積み、人間観察を重ね、酸いも甘いも嚙み分けられる年齢に達した大人の風格をまとっており、それを織り上げる彼の文章はつねに静謐で、かつまた上品である。こうした静謐と上品をめざして自分の文章を洗練させるために、作家がどれほど大きなコストを投資しなければならないかが、そこにはまざまざと透視される。そんな静謐で上品な文章の味わいを文学の至上の価値と考える少数の読者は、どの世代にも必ずいるはずだ。

日影丈吉の多くの作品はジャンルとしてはミステリに属している。書かれた時代を考えればむしろ「探偵小説」という奥ゆかしい言葉がふさわしいかもしれないが、いずれにせよ表立った体裁としては娯楽用の読み物にすぎない。それなのに「文章の味わい」などという大袈裟な言葉を持ち出すのはいかがなものかと考える人も多いだろう。逆にまた、小説に芸術性を求める読者にしてみると、なだらかに流れる日影の文章がさほど「文学的」とは感じられず、物足りない思いをするかもしれない。最上級の酒の風味は真水の澄明に近づくというが、そんな澄明な文体で紡がれてゆく日影丈吉の怪奇譚や犯罪物語を読むことに、静かな愉楽を覚える読者は、だから選ばれた少数者なのである。日影丈吉の小説のファンは、お互い同士連絡を取り合っているわけではないけれど、いわば秘密結社を結成しているようなものだとわたしは密かに考えているのだ。

日影丈吉は太平洋戦争中、一九四三年に応召して兵役に就き、近衛捜索連隊として台湾に駐屯、そのまま終戦を迎えている。この台湾駐屯時の体験が基になって書かれた小説が、長篇『内部の真実』や短篇集『華麗島志奇』など何作かあるが、本書『応家の人々』もそのうちの一篇である。

本書もまた探偵小説のプロットを持つ。昭和十四年、日本統治時代の台湾が舞台である。日本軍の中国大陸への侵攻はすでに始まっているが、太平洋戦争勃発以前なので、物語世界にはどこかほのぼのとした平穏な空気が流れている。台南近郊の大耳降という小さな町で、本島人（台湾の漢族系住民を当時の日本人はこう呼んだ）の警察の書記が毒殺されるという事件が起こる。犯人はやはり本島人の役場の吏員であるらしいが、その容疑者は逃亡している。日本軍中尉の「私」が上司の少佐に命じられて事件を追う。

殺人の動機は、台湾の名家である応家出身の美人をめぐる恋のさや当てであるらしい。彼女の最初の夫は沖縄人の生物学者で、海難事故で亡くなり、二人目の夫も日本人で警察官だったが何者かに殺されたという。今回の被害者は、この「宿命の女《ファム・ファタル》」の傍らで死んだ三人目の男ということになる。「私」が捜査を進めるうちに、今は「応氏珊希」という旧名に戻っているこの官能的な美女もまた、突然失踪してしまう。

その行方を追って、「私」は台南を出発し、南部の屏東《へいとう》、恒春《こうしゅん》へと捜査行を続けてゆく。田舎町を巡業する「石廊軒戯《いちざ》班」なる旅芸人の集団が物語に絡み、さらに謎の秘密結社の存在が浮かび上がってきて、事態は混沌とした様相を呈しはじめる。

探偵小説の約束事に従い、最終的に「私」は事件の真相に達し、すべての謎は一応解き明かされるが、一応と留保をつけたのは、今日の海千山千のミステリ読者には、この解決部分は少しばかりフラストレーションを残すかもしれないからだ。殺人の実行とその目撃の過程に、ディクスン・カーやG・K・チェスタートンの小説を思わせる視覚的トリックが関与していることが明かされるが、そこにもやや不自然な作為性が感じられ、さほどの説得力を持たない。しかし、そのあたりは作者の愛すべき稚気の表現として、大らかに宥《ゆる》してやりたいというのが日影ファンとしてのわたしの本心だ。

そもそもフラストレーションというのなら、小説の冒頭でいきなり起こる殺人事件に、満足の行く説明らしい説明がつけられずに終わる点こそ、その最たるものだろう。物語は、戦後の東京で、「私」がかつて台湾での事件の捜査を自分に命じた「安土少佐」と再会するところから始まる。そこで唐突に一個の死体が出現し、読者はそれによって醸成される不穏なサスペンスに引きずられつつ、歳月を遡行し、「私」の回想へ足を踏み入れてゆくのだが、最後に物語がようやく戦後日本の現在に戻ってきたとき、冒頭の死体の謎には何の解明も与えられない。狐につままれたような気分になる読者のフラストレーションはもちろん承知のうえで、作者はこのアンチクライマックスの趣向をむしろ面白がっている気配がある。

――いったい、安土とかいう、もと特設憲兵隊の少佐だったらしい老人は、何故、どうして、だれに殺されたのかね、と、読者はいうかも知れない。

――その話が、おもしろそうだと思って読みだしたのに。現実と関係のない過去の、不熱心な密偵の思い出ばなしなど、どうでもよかったんだ。いったい、どうしてくれるんだね。

そういわれても、筆者はこまるのである。……

日影は確信犯的に居直っている。これはいわば踏み絵のようなもので、突如として「筆者」を登場させるこのとぼけた稚気に腹を立てるか面白がるかで、読者は日影丈吉自身の側から選別されてしまうのだ。すべての伏線が回収され、すべての「何故、どうして、だれに」が説明され、なるほどそうだったのかという満足感の溜め息とともに小説の最後のページを読み終える――もしそういうことがお望みなら、お好み通りの「よく出来たミステリ」のたぐいは他に沢山ありますから、どうかよその店へ行ってください、とあたかも日影は言っているかのようだ。うちの店で扱っているのは、そういうありきたりな品じゃないのでね、と。

――すべての謎に説得力のある解が与えられる？　そんなことが本当に面白いです

か？　だって、最後の最後までわからないことが残るのが、そして、そうだからこそ面白いのが、人生というものなんじゃないですか？　ならば、小説だって同じことなんじゃないのかな……。

二重、三重の、込み入った入れ子構造の仕掛けを施したうえで、錯綜した物語をゆるゆると語っていき、最終的に「探偵小説」の「お約束」をあえて脱臼させてみせるのも、日影丈吉流の洗練された遊び心の発露なのである。

「何故、どうして、だれに」が知りたい一心で息せき切ってページをめくるような読者には、日影丈吉の「探偵小説」は縁がない。本書『応家の人々』もまた、御用とお急ぎでない読者——複雑に入り組んだプロットの興趣はもちろんながら、むしろそれ以上に、美麗島とか華麗島とかと呼ばれる台湾の風土の描写をゆっくりと楽しみ、どの一人をとってみてもひと癖もふた癖もある登場人物たちの、影を帯びた存在感に酔い痴れ、本島人と内地人（日本人）の共存から屈折した感情がわだかまる、かつての植民地台湾に流れていた重苦しい空気の感受に興じる、そんな読者のためにある。

実際、色彩で統一された各章のタイトルを見るだけで明らかな通り、色鮮やかな亜熱帯の台湾の風景や風物が、ゆったりとした筆遣いで生彩豊かに描き出されてゆくさまはどうだろう。黄色い煉瓦建ての洋館。檳榔樹や棕櫚の木の茂み。家々の前にしつらえられている停仔脚《アーケード》。馬西《バシー》海峡を見はるかす断崖のうえにぽつんと建つ、「暗い染《しみ》のような、色漆喰の剝げた廟」。

また、登場人物の心理の陰翳を描き出す筆遣いの冴えようはどうだろう。殺人事件の鍵を握るあの美女の家で、「私」は木瓜《パパイヤ》を振る舞われる。「私はそれをひと切れ、ごちそうになってから、宿舎へ寝に帰った。木瓜《ボックエ》はあまく熟していた。が、その芳香にも、私は口いっぱいに応氏珊希の体臭を感じた。私はきっと、どうかしていたのに違いない」。「私」のこうした心の震え、官能の動揺を、もっとあからさまに、もっと「文学的」な化粧を施して描写することも可能であったろうに、日影は慎ましくここで筆を止める。彼の「最高にダンディな文章」の、静謐と上品の本領は、たとえばこうしたところにある。

作中、ジェラール・ド・ネルヴァルの引用があったり、「ヴェラスケスの描いた皇女のような孫娘」（名作〈侍女たち《ラス・メニーナス》〉への言及だろう）があったりするのもご愛嬌というったもので、日影丈吉の世界の奥行きの深さを感じさせる。心行くまで時間をかけ、一行ずつ楽しみながら味読するべき小説であろう。

（まつうら・ひさき　詩人・作家）

応家の人々

単行本　東都書房　一九六一年五月刊
文　庫　徳間文庫　一九八二年八月刊
全　集『日影丈吉全集』第一巻　国書刊行会　二〇〇二年九月刊

編集付記

一、本書は徳間文庫版（一九八二年刊）を底本とし、東都書房版（一九六一年刊）の「あとがき」を併せて文庫化したものである。

一、登場人物名など『日影丈吉全集』第一巻（国書刊行会、二〇〇二年刊）を参照し、新たにルビを追加した。

一、本文中、今日の人権意識に照らして不適切な語句や表現が見受けられるが、著者が故人であること、発表当時の時代背景と作品の文化的価値に鑑みて、底本のままとした。

中公文庫

応《おう》家《け》の人々《ひとびと》

2021年2月25日　初版発行

著　者　日《ひ》影《かげ》丈吉《じょうきち》

発行者　松田陽三

発行所　中央公論新社
〒100-8152　東京都千代田区大手町1-7-1
電話　販売 03-5299-1730　編集 03-5299-1890
URL http://www.chuko.co.jp/

ＤＴＰ　嵐下英治
印　刷　三晃印刷
製　本　小泉製本

Published by CHUOKORON-SHINSHA, INC.
Printed in Japan　ISBN978-4-12-207032-5 C1193

中公文庫既刊より

各書目の下段の数字はISBNコードです。978−4−12が省略してあります。

ひ-1-2
女の家
日影丈吉

妾宅の女主人の死は事故か自殺か、それとも他殺か。女と男の語りが明かす意想外の真相とは。澁澤龍彥、種村季弘に愛された著者の代表作。〈解説〉堀江敏幸

206937-4

ち-8-8
事件の予兆　文芸ミステリ短篇集
中央公論新社 編

大岡昇平、小沼丹から野坂昭如、田中小実昌まで。非ミステリ作家による知られざる上質なミステリ十編を一冊にした異色のアンソロジー。〈解説〉堀江敏幸

206923-7

の-17-1
野呂邦暢ミステリ集成
野呂邦暢

「失踪者」「もうひとつの絵」「剃刀」など中短篇八編とエッセイを併せて年代順に収録。推理小説好きを自認した芥川賞作家のミステリ集。〈解説〉堀江敏幸

206979-4

い-2-7
浪漫疾風録
生島治郎

『EQMM』編集長を経てハードボイルド作家になった著者の自伝的実名小説。一九五六〜六四年の疾風怒濤の編集者時代と戦後ミステリの草創期を活写する。

206878-0

い-2-8
星になれるか
生島治郎

直木賞受賞、睡眠薬中毒、そして再起へ。一九六四〜七八年の綺羅星の如き作家たちの活躍を描く戦後ミステリ裏面史。『浪漫疾風録』完結編。〈解説〉郷原　宏

206891-9

ゆ-2-23
軍旗はためく下に　増補新版
結城昌治

陸軍刑法上、死刑と定められた罪で戦地で裁かれ処刑された兵士たち。戦争の非情を描く直木賞受賞作に著者自作解説を増補。〈解説〉五味川純平／川村　湊

206913-8

さ-80-1
佐藤春夫台湾小説集　女誡扇綺譚
佐藤春夫

廃墟に響く幽霊の声「なぜもっと早くいらっしゃらない？」。台湾でブームを呼ぶ表題作等百年前の台湾旅行に想を得た今こそ新しい九篇。文庫オリジナル。

206917-6